海空陸
RIKU MISORA
繪者 WON
落第騎士英雄譚
cavalry
11

落第騎士英雄譚
Cavalry
11
©Won

（為什麼那個人
會在這裡……）
©Won

那一處在視覺上，不過是一片空白。
其中卻站著一名女子。
©Won

# CONTENTS

Stella Vermillion
史黛菈・法米利昂

Shitsuku Kurogane
黒鐵珠雫

# 第五章　〈落第騎士〉VS〈紅蓮狂獅〉!?

席琉斯・法米利昂十分煩惱。

時隔多日，他心愛的女兒・史黛菈終於從日本歸國。

而她現在注視自己的眼神……該怎麼說，冰冷到極點。

史黛菈的目光簡直像是看到髒東西。

席琉斯主動搭話仍慘遭無視；苦苦糾纏也只得到一句敷衍。

史黛菈小時候曾說過「我長大要嫁給爸爸！」，現在卻……

她為什麼會擺出這種態度？

席琉斯心知肚明。

一切……全都是那個小鬼的錯。

黑鐵一輝……！

那個日本人就在史黛菈的留學地點，一把拐走她單純的心。

史黛菈被他騙得暈頭轉向。

所以席琉斯展開行動，打算出手保護心愛的史黛菈。

他動用國王的大權通緝一輝，派出軍隊追殺他。

結果，席琉斯的行動全都失敗了。

對方最後甚至說服他派出的刺客——丹達利昂。

自己身為父親的威信頓時一落千丈。

那些傢伙實在是太丟臉、太不可靠了。

既然如此——席琉斯心想。

他不會再仰賴任何人！

只有自己。

他必須靠自己親手贏回心愛的史黛菈，取回她的信任！

為此——

「聽好了!?就用〈幻想型態〉進行模擬戰！一戰定勝負！」

席琉斯站在城堡中庭的訓練用擂台，衝著一輝大喊。

他要直接與一輝交手，獲得勝利。

而且要是壓倒性的勝利。

這就是席琉斯苦心思考出來的起死回生之計。

他可以肯定。

史黛菈只要見到自己打垮這個日本人，她一定能重新回想起來。

自己的父親才是這個世界上最帥氣的男人。

另一方面，一輝遵照傳喚來到中庭。他聽席琉斯這麼說，不禁一臉困惑。

「能、能否請教一下，為何突然間要進行這場勝負呢……？」

「孤之前的確答應，只要你贏得戰爭、為法米利昂帶來勝利，就讓你迎娶史黛菈。但是孤並未承認你的實力！所以現在就來弄個明白！你贏了孤，孤就認同你代表法米利昂出戰！輸了你就乖乖滾回日本！」

不過一輝面對席琉斯的挑戰，態度猶豫不決。

「呃、欸欸……!?不，就算是訓練，我怎麼能對一國皇室成員揮刀……」

兩名女子反而出聲鼓勵一輝。

「一輝，沒關係，不用客氣呦～」

「他自己都說要打了，你不用想太多，直接滅了他吧。」

她們是席琉斯的妻子——阿斯特蕾亞・法米利昂，以及女兒——史黛菈・法米利昂。

席琉斯心酸地望向兩人。

都怪親衛隊、丹達利昂太沒用，害得席琉斯驅使軍隊的作戰計畫徹底泡湯。打從那一瞬間開始，不只是史黛菈，就連他心愛的妻子阿斯特蕾亞也隱隱冷淡了起來。她只顧著和一輝聊天，完全不跟自己說話，昨天甚至不願意和席琉斯一起洗澡。

（黑鐵一輝！你不只誘騙史黛菈，還勾引孤的妻子……！不可原諒！）

但這也只到今天為止。

自己只要現在擊潰這個傢伙，身為父親的威嚴、妻子的愛，全都能親手奪回來。

『呀啊～爸爸果然最棒了呢～！』

『我最喜歡厲害的父王了！親一個！』

最後一定會順利演變成這種場面。

所以——

（看我宰了這小子……！）

「快點！趕快上擂台！開始信號響了孤就不等啦！」

席琉斯再次催促一輝登上擂台。

一輝遲疑片刻——

「……我明白了，我會拿出實力比試。」

終於上台與席琉斯面對面。

舞台準備就緒。

「熾烈燃燒吧！〈炙焰大斧(Ifrit)〉!!」

「來吧——〈陰鐵〉！」

兩名伐刀者（Blazer）顯現各自的靈魂，相對而立。
史黛菈站在兩人之間，擔任裁判。
史黛菈確認雙方手握靈裝（Device）──

「準備好了嗎？那麼……LET's GO AHEAD!!!」

戰鬥的火花一觸即發。
「哼奴啊啊啊啊啊啊啊啊啊啊!!!」
擁有〈紅蓮狂獅〉之名的席琉斯率先行動。
他以全身魔力燃起火焰，纏繞於靈裝〈炙焰大斧〉。
烈火溫度高達──攝氏三千度！
火焰斬擊，其利足以斬鐵。
席琉斯揮動大斧，一把砍向擾亂家族和平的敵人──
「咦？」
下一秒，敵人消失在眼前。同一時間──
「呃呼……」
席琉斯當場倒地。
彷彿自己的膝蓋以下消失無蹤。

「勝負已分!!一輝獲勝！」

『咦、騙人……國王陛下太弱了吧？』

『比賽開始才過了五秒而已……欸？已經贏了？』

『是說剛才到底發生什麼事了？』

「……!?……!?!?」

女僕們聚集在中庭裡，打算看看她們的國王又要做什麼蠢事。但不只是女僕，連席琉斯自己面對這過於意外的無聊結局，只能瞠目結舌。

自己究竟受到什麼樣的攻擊？他根本一頭霧水。

不過——

（這傢伙……！）

席琉斯抬起頭，這才察覺。

一輝站在自己的左側。

（難不成、**他看穿了嗎**……!?）

——真相正如他所想。

事實上，席琉斯在三十年前的某個事件當中受傷，所以左眼幾乎看不見。

這件事對席琉斯的家人也是完全保密。一輝卻從細微的眼球移動中看穿這點，施展〈比翼〉的體術，瞬間以最高速的初速滑進席琉斯的死角。

席琉斯受損的視力不可能追上一輝的行動。

他當然不覺得一輝卑鄙。
席琉斯好歹是一介武人。
針對對手弱點進攻是理所當然的戰術。
席琉斯反而感到震撼。
一輝的體術、觀察力都令他震驚。
……乍看之下不過是個瘦弱的嫩小子，實力居然如此精湛。
能達到這種境界，想必是經歷非比尋常的鍛鍊。
席琉斯也明白了。他想擊敗這個男人奪回父親的尊嚴，等於是飛蛾撲火般的愚蠢。
「真是的，爸爸真是傻得可愛呢。」
「好了，父王，這下沒話說了吧。一輝已經贏了，你要依約承認一輝代表法米利昂喔。」
不過——
「…………呵、呵呵呵……呵哈哈哈、啊哈哈哈哈！也、也罷，對年輕人拿出真本事未免太小題大作，這一勝就算是讓你的！孤忘記告訴你啦！三戰！我們是三戰定勝負!!抱歉啊！喀哈哈哈哈哈！」
這種程度的挫折還澆不熄席琉斯的鬥志。
他一邊大笑一邊站起身，厚臉皮地推翻比賽結果。

「唉唉唉～～～～」史黛菈見識到父親的厚顏無恥，大口嘆息。但席琉斯才不會氣餒。

只要贏了，只要成為最後的勝者就行了。

這麼一來，女兒也會對自己刮目相看。

區區過程不過是細枝末節。

而且他已經看到成功的曙光了。

「那、那個，所以您接下來想比什麼？」

「喔喔喔，問得好！那麼……就比腕力（Arm wrestling）！」

「比腕力嗎？呃……請問這跟代表資格有何關聯……？」

「當然有！強壯就是力量！你的戰鬥技術確實不賴，居然能在孤眨眼的瞬間拉近距離，但孤可信不過只會耍小聰明的豆芽菜！是男人就該力大無窮，一隻瘦皮猴可上不了檯面啊！所以——」

席琉斯暢所欲言的同時，一名中年女僕在現場準備好鐵桶。席琉斯將手肘撐在鐵桶上——

「就讓孤見識見識你的力氣！」

開口向一輝邀戰。

一旁的年輕女僕一聽，紛紛抗議：

『唔哇，國王陛下好奸詐！』

『兩人身材差這麼多，怎麼可能贏得了……』
（嘻嘻嘻、就是這麼回事……！他輸定了……！）
席琉斯聞言，則是暗自竊笑。
對手確實實力高強，席琉斯要是和他正常進行比試，肯定輸得一塌糊塗。
但是，看看一輝那瘦弱矮小的外型。
席琉斯的手臂至少是一輝的兩倍粗。
不論他擁有多麼精湛的技術、劍術，終究只是個小日本人。
席琉斯可是出身自狩獵民族，理論上一輝不可能贏得過自己。
這一定能贏，沒道理會敗北。
只要自己贏了，史黛菈跟阿斯特蕾亞一定會清醒過來。
強壯的男人最帥氣啊！
「怎麼了，來啊！你怕了嗎!?」
一輝面對席琉斯的挑釁——
「……我明白了，我會全力以赴。」
他也將手肘撐在鐵桶上，握住席琉斯的手掌。
「好氣魄。史黛菈，妳來宣布開始吧。」
史黛菈聞言，說道：「……我知道了啦。」無可奈何地答應：
「那麼你們都準備好了吧？預備……開始！」

呼聲下達的瞬間──

「嘿呀啊啊啊啊啊啊啊啊啊啊啊啊啊啊啊啊啊啊啊啊!!!!」

席琉斯奮力嚎叫。

他的咆哮正如其稱號，彷彿獅吼一般震盪空氣。

完美展現他懾人的氣勢。

粗木般的手臂呼應吼叫的氣勢，發出強大的扭力。

這股力量簡直能折斷對手的骨頭。

一輝的手臂直接承受這股力量──

（奇、奇怪……？）

他的手臂一動也不動。

沒有任何傾斜。席琉斯費盡了九牛二虎之力，對方仍然不動如山，這簡直像是──

（像是……鋼鐵一樣……！）

席琉斯的太陽穴浮現青筋，漲紅了臉卯足全力，一輝的手臂依舊沒有一絲動搖，甚至──

「哦、哦、哦……!?」

一股難以抗拒的力量推動席琉斯，他的手臂有如機器一般緩慢且流暢地倒下——「磅」的一聲，席琉斯的手背被按倒在鐵桶上。

「好，一輝贏了。」

史黛菈的語氣像是早就料到這個狀況，淡淡地宣告勝敗。

『好厲害！兩人體型差這麼多，他卻輕鬆獲勝了!?』

「哇～一輝，你看起來不怎麼壯碩，卻很有力氣呢～」

「……!?」

來看戲的女僕們與阿斯特蕾亞見到一輝出人意料的壓倒性勝利，紛紛拍手叫好。席琉斯難以置信地凝視手掌，掌上還隱隱殘留方才那股無法抵擋的力道。

那隻手臂僅僅只有自己的一半粗。

為何能發出如此驚人的力氣？

席琉斯完全無法理解。

史黛菈告訴席琉斯：

「一輝可以在『一分鐘內耗盡自己的全部氣力』，他的專注力能完全掌控自己的全身，體型差異對一輝來說根本毫無意義。」

「完全掌控自己的身體……？」

「對，父王好歹也是一名武人，我想你應該知道，人類無法完全用盡自己的全力。人類天生具備生存本能，一定會保留氣力來避免毀壞自身……可是一輝不一樣。一輝鍛鍊至極限的專注力，讓他可以憑自我意識打破本能的限制，自由驅使那些原本不該觸碰的力量——我們口中的『全力』和一輝的『全力』根本不一樣。我們口中的這句話只是為了鼓舞自己，而一輝則是……**名副其實的全部**。」

「——！」

席琉斯聽完史黛菈的解釋，一時啞口無言。

生存本能會設下限制。人類這種生物的力量、體力、魔力受到這股限制影響，僅能動用一半左右。

席琉斯身為習武之人，當然清楚這一點。

只有真正遭逢生命危險，人類才能擺脫本能的限制。

生死一瞬間的專注力，也就是俗話所說的「火災現場的怪力」。

只有在這轉瞬之間，人類才能下意識破壞這層限制。

但是……眼前的少年竟然能隨心所欲地使用這股力量。

（他到底——）

他到底是多麼殘忍地鞭策自己，才能達到這種層次？

「……父王也該明白了，一輝真的很強。更何況，一輝曾經打贏我兩次耶。父王一次都沒贏過我，怎麼可能敵得過一輝。」

「唔……」

正如史黛菈所說，席琉斯深深體會到了。

身為武人的他不禁肅然起敬。

但是……！

「孤還沒輸啊——————!!」

「嗄啊!?你剛剛自己說是三戰決勝負耶！一輝已經兩勝了，當然是他贏啊!?」

「才沒有——！第三戰的積分十倍可以逆轉——!!」

「我說……你該適可而止了吧……」

『國王陛下太不死心了吧……』

『感覺好遜喔～』

『唉，我已經快看不下去了。』

「囉嗦！孤沒有輸，誰來抗議都一樣！男人只要內心不倒，永遠都不算敗北啊啊啊啊啊啊!!!」

史黛菈和眾女僕紛紛拋來無數白眼，席琉斯卻視若無睹。

不論眼前的少年多麼值得敬佩，都跟此事無關。

這個男人打算奪走自己心愛的女兒。

史黛菈是自己與阿斯特蕾亞生下的愛情結晶。

是自己珍藏、培育到大的寶物。

這傢伙卻突然冒出來，打算一把搶走——

**他不要**。

說不要就是不要。管他有什麼理由，席琉斯打死也不放手。

他光想到這件事就一陣頭暈，鼻頭發酸。

——他知道這很自私。

他心知肚明，自己只是在耍賴。

這股辛酸幾乎要撕裂他的身體，說什麼都無法忍受。

所以——

（只要孤這條老命在，說什麼都要妨礙他……！）

「黑鐵一輝！這次就用馬拉松來決勝負——!!」

席琉斯厚著臉皮開始第三次垂死掙扎。

一輝沒有絲毫抱怨，問道：

「這當然沒問題，但是要跑去哪呢？」

席琉斯答道：

「沿著環繞皇都的幹道向南走，『邦妮之家』的總店就在路旁！就把那間店當折返點，先回到這裡的人就算贏！」

「邦、邦妮？那是什麼店呀？」

一輝聽見陌生的名詞，滿臉疑惑。

阿斯特蕾亞在一旁幫忙補充：

「『邦妮之家』是法米利昂的甜點品牌。法米利昂要招待國賓的時候，我們都會去光顧呢。他們的巧克力特別受歡迎，日本的百貨公司也有分店喔。」
「啊，原來是甜點店。」
一輝不愛甜品，他當然不知道。
「然後總店有賣巧克力鯛魚燒，那是總店的限定商品。」席琉斯說道。
「鯛、鯛魚燒嗎？」
「鯛魚燒那可愛的形狀在全世界都大受歡迎，你居然不知道呀。」阿斯特蕾亞說道。
「總之要到店裡買一個鯛魚燒，當作抵達折返點的證據。你身上有錢嗎？」
「啊、是，有一點——」
「那就成了！好了，要走啦！預備、開始、跑！」
下一秒，席琉斯不等一輝準備好，擅自衝向城堡大門。
「啊！真、真是夠了！他為什麼都不聽人講話啦！」
史黛菈面對父親的舉動，一時氣憤——
「一輝，不用繼續跟那種人瞎攪和，別管他了！」
她對一輝提議。
一輝苦笑連連，但還是搖了搖頭：
「啊哈哈……但一開始是我自己要求岳父盡情測試我的，我沒道理拒絕。用手機就能找到店的位置，我去去就回。」

他跟在席琉斯身後邁步奔去。

用手機地圖搜尋甜點店的位置，距離起點大約十公里左右。

一輝每天要進行二十公里的晨跑，這點距離算不了什麼。

一輝立刻超越前方的席琉斯，一口氣甩開。

不過──

（行動果然相當敏捷……！但是──）

席琉斯當然不是什麼也沒想就提出馬拉松挑戰。

他心中早有計謀，那就是──

「這裡！」

席琉斯突然在幹道上來個大迴轉，跑進小巷弄裡。

沒錯，他打算抄捷徑。

（只要斜向直接穿越市區，就能減少一半路途，以最短距離到達『邦妮之家』！

而且這條祕密通道不會顯示在GPS上！）

外來旅客必須單手看手機查路，當然不會走進這種小路。

更何況，席琉斯是這個國家的國王。

他熟知自己國家的一切。

他占有地利。

所以他能確定──

「這場勝負就由孤拿下了——————!!」

◆◇◆◇◆

於是過了數十分鐘——

黑鐵一輝手拿一包鯛魚燒，率先回到城堡中庭。

「好啦，一輝贏了。」

「辛苦你了，一輝。」阿斯特蕾亞說道。

「謝謝。」

史黛菈與阿斯特蕾亞上前道賀。一輝道謝之後——問道：

「然後、那個、岳父呢？」

席琉斯明明抄了捷徑，卻到現在都還沒回來。

阿斯特蕾亞答道：

「他沒事～他在市區迷了路，丹達利昂剛剛已經找到他了。」

沒錯。席琉斯占有地利，也堅信自己的勝利，但其實只是他太過相信自己。

席琉斯是皇族，即使是在城堡旁邊，他也從來沒走過那些巷弄。

要他穿過錯綜複雜的市區小路到達目的地，根本是不可能的任務。

想當然耳，他馬上就迷路了。他無計可施之下，只能打電話向阿斯特蕾亞求救，方才已經獲救了。

「唉唉唉～～～他真是太——沒用了！丟人現眼！太沒用了!!」

「妳說了兩次『沒用』呢。」

「兩次根本不夠啦！他一直要詐還全部都輸掉了！」

「岳父就是這麼珍惜史黛菈，捨不得放手呀。」

「那也有個限度啊、限度！夠了，我留在這裡的期間絕對不會跟他說任何一句話！」

「好、好了，別氣了……」

一輝正想辦法安撫怒火中燒的史黛菈。

假如因為自己讓他們親子關係決裂，未免太過意不去……而且說實話，一輝與父親關係疏遠，所以席琉斯直率的父愛讓一輝有些羨慕。

阿斯特蕾亞卻對一輝說：

「呵呵，一輝很善良呢。爸爸那麼敵視你，你還願意擔心他。不過你不用想太多，那個人才不會因為這點小挫折就退縮。丹剛剛打電話來，他要我們告訴你：『今天勉強算是平手』。我最清楚爸爸的個性……真要我說，你那句『盡情試探我』其實說得有點太早了呢～」

「哈、哈哈哈……」

以席琉斯的蠻橫來看，不管什麼結果他都能曲解成平手吧。

一輝只能回以苦笑。
「不過……這終究是我自己提出的條件。而且……」
「而且？」
「假如我和史黛菈有了小孩，我一定會非常重視那孩子，把他擺在自己的性命之前。我怎麼能妄想只靠一個磕頭，就搶走別人這麼疼惜的寶物？這麼做太厚臉皮了。」
所以不論席琉斯怎麼試探他，他都會盡力回應。
阿斯特蕾亞聽完一輝的決心，淡淡一笑。
「史黛菈真的選了一個很棒的男孩子呢。阿姨會支持你的，你就好好加油吧。」
接著她轉過身。
「您要去哪？」
「我要去接爸爸。他現在一定在鬧彆扭呢。」
阿斯特蕾亞說完，就快步離開中庭。
她嬌小的背影漸漸遠去——就在此時。
「黑鐵先生！您辛苦了！」
「「「辛苦了！」」」
數道嗓音從後方敲響了耳膜。
一輝回過頭去，看見一群身著圍裙的年輕女孩聚了過來。

「妳們是……？」

「我們是在城堡裡工作的女僕！」

「我們為了感謝您滿足國王陛下的任性，送冷飲過來了。」

「我們也送來更換用的衣物，請用！」

女孩們說完，遞上寶特瓶裝飲料與運動衫。

一輝見狀，開口道謝：「我正需要呢，謝謝妳們。」

法米利昂氣候比日本涼爽，但現在也是夏季。

他的上衣早已吸滿汗水，很不舒服。喉嚨也乾渴不已。

一輝接受女僕們的好意，將鯛魚燒的包裝放在地面，脫下溼漉漉的上衣。

緊接著——

「「「呀啊————!!!!」」」

女僕們突然同時發出尖叫。

「怎、怎麼了!?」

一輝嚇了一跳。女僕們雙眼發亮地說起悄悄話。

「妳看到了嗎!?」

「看到了！腹肌分了好幾塊呢！」

「是纖細猛男呀！又是帥哥又是纖細猛男，太完美了！」

「黑鐵先生！您全身是汗，換了衣服很快又會弄髒。我們的宿舍就在旁邊，裡面有淋浴間，您要不要先去沖澡呢!?」

「然後順便跟我們一起喝個下午茶吧？我們都想更了解一輝先生呢～♪」

（啊，這種發展……）

一輝看著身旁的女僕，忽然察覺一股既視感。

他在校內選拔賽擊敗〈獵人〉之後，就經常遭遇這種場面。

這些女僕的表情和那群女學生粉絲一模一樣。

史黛菈國家的國民願意接受自己，一輝當然覺得開心——但就以往的經驗，已經註定之後的劇情發展。

「給我等一下啊啊啊啊啊啊啊～～～～～～～～～!!!!」

正如一輝所想，一旁的史黛菈立刻發出怒吼，介入一輝與女僕之間。

她隨即斥責那些女僕：

「妳、妳們幾個，身為侍奉皇室的女僕怎麼能勾引公主的男朋友！妳們未免太粗神經了吧!!!!」

不過女僕不為所動，甚至露出厚臉皮的笑容：

「哎呦，可是妳看席琉斯王那種態度，你們應該不可能結婚吧？」

「說到底～你們根本還沒訂下婚約，現在就想主張一輝先生的所有權，是不是有點奇怪呀～」

「「「有點奇怪呢。」」」

史黛菈面對女僕們的反駁，鮮紅髮絲開始隱隱散發光芒。

「哎呀，真是的……我們城裡的女僕還真是大膽……居然敢認真向〈紅蓮皇女〉找碴，我覺得好開心呢……」

顫抖的語氣，逐漸豔紅的烈焰髮絲（Fire blond）。一輝察覺不對勁——

「史、史黛菈，冷靜點——」

他試圖喚醒史黛菈的理智，不過史黛菈已經聽不進他的勸說了。

史黛菈渾身燃起火焰，放聲大吼！

「好啊！妳們這群小賤人!!想找碴我就奉陪到底！全都給我放馬過來!!」

「呀啊——！公主殿下噴火了！」

「是肌肉腦！她果然跟席琉斯王一樣是肌肉腦啊！」

「果然是血濃於水的父女呀！」

「誰是肌肉腦！我可是賣面子給妳們的狗膽，親自做妳們的對手啊！不准跑、給我站住——！」

「才不要——！」

「「不要——！」」

女僕們頓時鳥獸散，史黛菈怒氣沖沖地到處追趕。

一輝眼看自己突然引發一場騷動，不知該如何是好。

此時——

「啊哈哈哈！史黛菈的男朋友超受歡迎耶！」

「感覺超像花花公子。」

似曾相識的聲音向一輝搭話。

一方聽起來爽朗有活力，一方則有些慵懶媚氣。

這兩道嗓音的主人就是——

「提米特跟米利雅莉亞……！還有大姊也來了呀。」

◆◇◆◇◆

提米特・格雷希與米利雅莉亞・雷吉。

兩名女孩出現在中庭。她們與史黛菈同學年，在前不久聽從席琉斯的指示攻擊一輝，打算提一輝的頭去換賞金。

「這麼說起來，從那場鬧劇之後你就沒見過她們了吧？」

史黛菈的姊姊，法米利昂皇國第一皇女露娜艾絲・法米利昂與兩人一起來到一輝身旁。她這麼問道。

一輝點了點頭。

「是，那之後就沒見面了。」

「哎呀，那時候真是不好意思啦，史黛菈的男朋友。我太想要錢了。」

「抱歉喔——」

她們真的覺得愧疚嗎？

一輝雖然抱持疑問，但還是對兩人表示他不在意。

「沒關係，各位的舉動算是在我去問候岳父之前，間接幫我緩和緊張。我反而該感謝你們呢。」

「啊哈哈，這傢伙腦袋怪怪的。有人會感謝到處追殺自己的人嗎？」

「不過感覺跟史黛菈很相配呢。對吧，露娜姊。」

「嗯，說得沒錯。」

「各位的發言未免太過分了吧!?」

一輝不禁出聲抗議。「沒有、沒有。」堤米特搖了搖頭：

「我們是在稱讚你喔~不信你看看那裡。」

堤米特瞄了史黛菈一眼。只見史黛菈四處追趕女僕……不，倒不如說她現在正在被女僕們戲弄。

「正因為你這麼大度，才有辦法改變史黛菈吧……那傢伙還待在這個國家裡的時候，我們完全沒辦法想像她會去嫉妒其他的女人，就像一個普通的女孩子。」

「對啊、對啊，史黛菈還待在這裡的時候，根本不會露出那種表情嘛。」

「是嗎？」

「是啊～史黛菈看起來總是很無聊的樣子。」

「沒有人有能力跟她比拚，她空有一身蠻力無處發洩，才會那麼煩躁啦。該怎麼說，就是那種到了某個年齡就會爆發的病。」

「像是中二病嗎～？」

「啊、就是那個。」

「這麼說起來……」

一輝聽著兩人的對話，忽然回想起史黛菈剛遇見自己的時候。

一開始遇見史黛菈的時候，她對人十分嚴苛。

除了她和自己相遇的方式太糟糕，她對周遭的不滿與焦躁更是顯而易見。她看透周圍的人們，厭惡他們以「才能」二字定義自己的強大。一輝覺得當時的她寧願保持孤高的態度，也不願融入人群。

和當時相比……她現在確實改變很多。

史黛菈的印象變得相當溫和。

假設她真的是因為遇見自己才能有這些改變，那的確令人高興。於是一輝——

「唉呀，所以就是那匹中二病上身還衝出國的野馬，終究輸給日本武士雙腿間的〈陰鐵〉嘛！」

他差點咳嗽咳出血來。

「堤、堤米特妳突然間說了些什麼啊!?」

「還有什麼？不就是說你用某個東西好好調教了那匹野馬囉。」

「像牛仔那樣？」

「不，我根本沒做什麼調教啦!!」

「少來，別假正經啦。兩名健全的男女，又是情侶，單獨住在同一間房間，有可能什麼都沒做嗎？那根本是怪談，不可能啦。」

「我說我說，你跟史黛菈到底進展到什麼程度啦——？老實說喔？」

「是那個嗎？女朋友好歹是一位公主，所以是屁股嗎？用屁股做嗎？」

「屁……!?」

堤米特和米利雅莉亞好奇地雙眼發亮，一步一步逼近一輝，他只能啞口無言。

不管是哪個國家，這年紀的女孩們都一樣熱愛戀愛八卦。

不過——

「妳們兩個色小鬼，下流話題給我適可而止。」

露娜艾絲用手掌輕輕敲了兩人頭頂，制止她們繼續逼問。

「好痛——！」

「噗唔——露娜姊不好奇嗎？」

「當然不好奇。我根本不想知道妹妹跟男朋友做了什麼好事。而且先不說史黛菈那蠢蛋，一輝可是時下少有的正經年輕人，他怎麼會敗給欲望，跟一國的公主做出婚前性行為這種苟且之事。對吧？」

「這、這是當然的呀……啊哈哈……」

一輝傻笑糊弄過去，同時罪惡感幾乎要在他的胃上穿出洞來。

但這也沒辦法。

當時的他滿腦子只有史黛菈，男人的尊嚴、事前應有的誓約之類的全都拋諸腦後。

一切都是無可奈何。

是命中註定，無法避免的。

所以他不會後悔。

一輝暗自在心中拚命辯解。露娜艾絲低聲落下一語：

「我原本以為那傢伙那麼粗野，大概嫁不出去了，沒想到出去之後就成長成一個好女孩。果然越是疼愛孩子，越要讓他出去見見世面呢……」

她的臉上充滿對於妹妹的溫柔與疼惜，不過——

（咦……？）

不知為何。

在一輝眼中……露娜艾絲的神情顯得有些陰暗。

彷彿蒙上一層陰影。

但那表情稍縱即逝。

一輝還來不及思索自己的直覺——

「先不說這個，一輝。」

露娜艾絲結束閒聊，主動提起自己來此的理由。

「今天帶她們來為的不是別的，我希望一輝能鍛鍊她們。」

「您是說鍛鍊嗎？」

「沒錯。假設一切如我推測，你跟史黛菈對上奎多蘭的任何一人應該都有辦法取勝，但其他三個人就有點危險了。所以我希望在比賽之前盡可能地提升戰力。」

「雙人戰的話我是絕對不會輸啦。」

「一對一感覺很沒勁吶～而且米莉是狙擊手耶～」

原來如此。一輝實際與兩人交手過，他明白露娜艾絲的擔憂。

如果這對搭檔可以同時上場，她們可以彌補彼此的缺點，確實相當強悍。但若是以一名騎士的角度去檢視她們，一輝能看出相當多需要改善的地方。

一輝若想達成任務——「引領法米利昂走向勝利」，必定要設法提升兩人的戰力。一輝當然沒道理拒絕露娜艾絲的提議。

「如果是為了提升戰力，我很樂意盡力鍛鍊兩位。」

距離比賽只剩下不到一星期，很難在這麼短的期間提升整體的實力……但要取勝**不一定要比對手強大**。

以小搏大、間接取勝，正是〈落第騎士〉的拿手好戲。

幸虧……提米特和米利雅莉亞的基礎相當紮實。

現在還來得及傳授她們奇招，給對手一個出其不意。

露娜艾絲見一輝爽快答應，開口道謝：「有勞你了。」

「另外還有一件事。」

她繼續說起第二個來意：

「我們剛才接到聯盟總部的聯絡，法米利昂近郊似乎有——」

就在此時。

露娜艾絲的口袋響起了電話鈴聲。

是誰這麼會挑時間？露娜艾絲隨口抱怨了一句，取出手機。

她看到螢幕上的來電名稱，雙眼圓睜，微微吃了一驚。

「不好意思。」

她對一輝道歉，接起電話：

「喂？約翰，真稀奇啊，你居然會主動打電話到我的手機。到底有什麼事？

嗯……噢，我也接到通知了，正好現在在……什麼……？」

「她說約翰，所以是約翰哥打來的啊？」

堤米特隱約聽見對話，悄聲說道。

「兩國的戰爭再沒多久就要開打了，皇族之間還能直接通電話，真是和平呢～」

「妳們提到戰爭，所以那位是奎多蘭的……？」

一輝小心不讓話筒收到聲音，低聲問道。

堤米特點了點頭。

「對，〈黃金風暴〉約翰・克里斯多夫・馮・柯布蘭德。他是奎多蘭的第一王子，也是那邊的隊長。」

「大姊和對方高層也有私交啊……」

「畢竟兩國都是聯盟加盟國嘛。約翰哥以前就很常來法米利昂玩。」

「他和露娜姊又是讀同一所大學～是學姊學弟關係嘛～」

所以有私交很正常吧？一輝看堤米特兩人說得理所當然，但他認為事實上應該沒那麼簡單。

聯盟加盟國之間多的是互相敵視的國家。

聯盟也是因此才設有聯盟加盟國之間的戰爭系統。

法米利昂與奎多蘭的歷史絕非她們口中那般和睦。

一輝聽說兩國之間會爭奪天然氣田，原本以為兩國現在關係十分緊張，沒想到兩國皇族的來往竟然這麼親密。

（我雖然只看過岳父身為笨爸爸的一面……）

席琉斯王或許在政治方面相當有一套，才能與原本仇視已久的鄰國建立起如此和平的關係。

一輝暗自佩服著席琉斯王。

「──……呃、真是的，怎麼啦？你平常沒這麼咄咄逼人呀……也罷，我拜託他看看。你當初同意通過特例，也算是欠你一個人情……嗯，那我們明天上午就過去，就這樣。」

露娜艾絲說到一個段落，掛斷電話。

接著她重新看向一輝──

「……抱歉，一輝，我必須拜託你一件事。」

露娜艾絲先是向他賠罪，這麼說道。

「能麻煩你明天跟我一起去一趟奎多蘭嗎？」

# 第六章 殺戮之夜

那是將歐洲中心一分為二，世界少有的天然要塞。

阿爾卑斯山脈。

一架直升機穿梭在直衝天際的群山迷宮，飛過那片只有岩石與白雪的世界。

〈風祭財團〉。

那是日本最大、世界屈指可數的企業家。而那架直升機外就印有風祭家的家紋。

風祭家以豐厚的資金與商業關係打造出這架最先進的直升機，即便遭到山谷間流竄的亂流吹襲也文風不動，穩定地持續飛行。

沒過多久，直升機抵達目的地。

如此深山窮谷，別說登山客，就連野生動物也鮮少出入。

潔白的山峰與周遭相比顯得特別高聳，直衝雲霄。

這座山正是驚動世間的祕密結社——〈解放軍（Rebellion）〉的大本營。

但是——

「……這、這到底、怎麼會……」

直升機駕駛員望著下方的景象，不禁屏息。

〈解放軍〉鑿開這座山，將大本營設在內部。但如今潔白的山峰以及周遭的群山——

半徑數公里內的所有高山彷彿遭人斬首，全都沒了山頂。

群山的頂端只留下一道斜面，落在群山的山谷之間。

山頂的切口像是遭到利刃砍斷，非常鋒利。這些高山顯然不是自然崩塌。

**有什麼人一刀劈開這些山脈**。

這裡究竟發生了什麼事？

駕駛員沾滿手汗的雙手握緊操縱桿，降落在雪白山峰的其中一塊平地。這塊平地是做為直升機升降、保養的場所。

螺旋槳停止旋轉，直升機的機門也同時開啟。

——風祭凜奈看著東倒西歪的光景，不禁皺起了臉。

「嗚哇……一團糟啊……」

她所在的停機坪前方，原本應該立著一扇二十公尺高的厚重鐵門，也就是總部的大門。

如今這扇鐵門大開，上部與山頭一起被砍飛，徒留下方約一公尺的鐵板，早已失去作用。

大門周遭倒落著無數手持武器的〈信徒〉屍骸。

屍體全都嚴重缺損，沒有一具完好。

少女眼前所見的是——名副其實的慘狀。

「大小姐，請小心腳邊。」

「嗯。」

隨從夏洛特・科黛率先走下直升機。凜奈扶著夏洛特的手，同樣踏上這片悲劇現場。

凜奈的義姊（姊姊）——莎拉・布拉德莉莉隨後走下直升機，神情一暗。

幸虧此地終年不溶雪的酷寒，現場並未傳出屍臭，但這副景象——

「……跟衝突地區沒兩樣……………」

「這不僅僅是沒兩樣。」

「！」

男人的嗓音反駁莎拉的低語。

聲音是來自於染得紅黑的雪地另一端，那扇失去作用的大門深處。

「三天前，這裡的確發生了戰爭。」

聲音的主人伴隨著腳步聲，緩緩踏上正門深處的大樓梯，出現在三人面前。

來人一襲沉穩的深黑色西裝搭配潔白的領巾，顯得十分有品味；面容上刻印一道道皺紋，頭髮、鬍鬚清一色純白，能看出對方年事已高。但這名老人背脊挺拔，身軀壯碩，火熱的雙眼隱隱散發出體內沸騰的能量，如同壯年一般活力十足。

凜奈一見到老人——

「爸爸……！」

她喜上眉梢，高聲呼喊，奔上前抱住老人的腰際。

沒錯，這名老人正是凜奈與莎拉的父親，同時也是〈風祭財團〉領導人，在表裡兩個世界中擁有絕對影響力，君臨經濟界的怪物。

風祭晄三本人。

「爸爸，你沒事吧!?有沒有受傷!?」

「沒事。當時我和〈大教授〉(Grand Professor)都不在總部，當然沒事。」

晄三見女兒擔心自己，舉起骨節厚重的手掌輕撫凜奈的頭。

「……但包括〈十二使徒〉(Numbers)在內，在場的所有成員已經斃命。解放軍總部可說是毀於一旦了。」

「到底、出了什麼事……？」

晄三搖頭回答莎拉。

「不清楚。我們大致推測出賊人的身分，但沒有實際證據，也不清楚動機。〈使徒〉、〈信徒〉雙方都沒有倖存者，死人不會說話，我們也無從問起，所以……**我才要妳們請他過來**。」

「──我明白了。」

回答的人不是凜奈，更不是夏洛特或莎拉。

而是與少女們同行的另外一個人。

他走出直升機，踏上血花四散的雪地，來到晄三面前。

「許久不見了，月影。」

「總帥，非常感謝您在〈七星劍武祭〉大力相助。」

他就是日本國總理大臣·月影獏牙。

月影向晄三表達謝意之後──

「……非常抱歉，無法回應您的期待。」

深深鞠躬謝罪。

他獲得〈解放軍〉的首腦，〈十二使徒〉之一的晄三援助，以不久前的〈七星劍武祭〉為舞台進行大改革，卻終究無法成功脫離聯盟。

晄三答了一句「無須在意」，接著說道：

「你發現全新的可能性，讓你能放心抽身，也不失為一件好事。比起這個──」

「是啊，〈傀儡王〉無視解放軍，獨自行動。我之前就認為這消息不尋常，看來狀況比我的預料還要急迫。沒想到〈解放軍〉的大本營居然變成這副德行……」

「這件事跟你以前提過的『預知』有關。我需要確定的情報，正確得知這裡發生的一切，以免以後的選擇誤了大事。你那掌管〈歷史〉的固有靈裝無法主動觀看尚未確定的未來歷史，但過去就不在此限了。我希望你能看看**這個場所的過去**，可以嗎？」

「當然，我背負著日本這個國家與國民的性命，這件事自然十分重要。」

月影說完，彷彿在祈禱似地閉上雙眼，舉起右手。

此事是自己應盡的義務、同時也只有自己能辦到。

那就是——

「映照萬象——〈月天寶珠〉。」

他的靈魂回應自身的呼喚。

舉在半空中的右手前方發出如同明月的藍光，光輝緩緩凝聚。

顯現出一顆拳頭大小，散發淡淡光芒的水晶球。

〈月天寶珠〉。

這副因果干涉系固有靈裝能俯視人們或場所的過去、歷史。

月影以指尖輕彈浮在半空中的靈裝。

水晶球表面浮現陣陣波紋，一滴金色水珠墜落地面。

隨後，月影睜開雙瞳——

三天前的慘劇重現在他的眼前。

◆◇◆◇◆

「呃啊啊啊啊啊啊!!!!」

「咿、咿咿！咿咿咿咿咿咿!!!!」

「可惡、混蛋！搞什麼東西啊！」

哀號、槍聲迴盪在深夜的雪山中。

子彈的暴風縱橫交錯。

〈解放軍〉的武裝士兵——〈信徒〉正在總部前方與敵人戰鬥。

然而敵人……卻是手持相同武器的〈解放軍〉士兵。

「你們一照面就射殺同伴，到底想幹什麼！」

大約三十名士兵駐守在大門面前，一邊怒吼一邊以機關槍掃射。

攻擊目標正緩緩登上白雪與岩石組成的斜坡。那是總計三十人左右的士兵，人數與攻擊方相當。

他們原本負責在附近站哨。

現在他們卻丟下任務，大批人馬來到大門前，忽然朝大門守衛開槍。

〈信徒〉大多是無法適應表面社會的地痞流氓。

〈信徒〉之間經常發生槍擊或殺人案，一點都不稀奇。

不過——這次狀況卻有些古怪。

「不、不是！不是啊！身體、身體擅自動起來了啊啊啊！」

「該、該死的……！是那個小鬼！那個小鬼動了什麼手腳！」

「不要對我們開槍啊！那小鬼、拜託你們殺了那個小鬼——！」

背叛者們受到大門守衛回擊，哀痛地大喊。

他們喊著：「不是我們想攻擊」、「不要殺我們！」。

「是你們先開槍的，胡說什麼！」大門守衛一開始憤恨地怒吼，在高處活用地利回擊。但是指揮大門士兵的隊長見到背叛者恐懼的神情，這才察覺異狀。

「什麼小鬼？」

隊長趁著背叛者們的槍口火光稍息的瞬間，凝視著另一端。

緊接著——他找到了。

背叛者一行人的後方。

一個嬌小的人影光腳踩在雪地上——

「Row, Row, Row your boat, Gently down the stream～♪
（划吧，划吧，划小船，搖盪在那溫柔的水流中。）
Merrily, Merrily, Merrily, Merrily, Life is but a dream～♪
（好快樂、好開心，人生就像夢境一般，快樂似神仙。）」

同時口中哼著人人兒時都聽過的童謠。
一個人光著腳，走到這杳無人跡的天險之地。
這傢伙肯定非比尋常。
「是那傢伙嗎！」
隊長立刻架起機關槍，扣下扳機。
不能做任何恫嚇或警告。
隊長早已看穿現狀。那個矮小人影正是這詭異戰場的引爆點。
但是──
「「呃啊啊啊啊!!!!」」
「嗄!?」
隊長的子彈並未飛向矮小人影。
他明明瞄準那道人影之後才扣下扳機──
「你、你個混帳東西！搞什麼鬼!!」

他的槍口卻莫名朝著身旁的同伴開火。
長官突如其來的攻擊，使得眾多士兵噴著血倒落雪地。
「隊長……連你、也打算背叛組織嗎！」
「我、我沒有！我剛才的確是瞄準那個小鬼……」
「少說蠢話——唔哦、唔哦哦哦哦!?」
緊接著，異狀如同傳染病一般，擴散至大門前方的所有士兵。
所有人的身體不聽使喚，擅自架起槍枝，朝著同伴開槍。
接下來的景象，就好比充斥鬼哭神號的煉獄。
士兵們漫無目標地四處掃射，互相殘殺。
子彈空了之後，便拔起小刀撕裂自己的脖子。
人人哭喊著，抗拒著，仍然砍下自己的首級。
屍體交疊倒下，層層堆起，將雪地染得鮮紅。
在這片地獄的中心——

「Row, Row, Row your boat, Gently down the stream～♪
（划吧，划吧，划小船，搖盪在那溫柔的水流中。）
If you see a crocodile, Don't forget to sceam～♪
（假如你遇見鱷魚，千萬要記得大聲喊叫。）」

矮小人影依舊哼著小曲，緩緩走著。

他的腳步輕巧，像是在郊遊似的。

於是，守衛總部外圍的士兵全數喪命，只留下隊長一人。

隊長望著這副詭異的景象，他終於想了起來。

有一名〈伐刀者〉能將他人當作人偶，操縱自如。

「你……！不、您該不會、是那位……！」

隊長丟下耗盡子彈的機關槍，以手槍瞄準對方，但是他神情緊繃，顯然還是不敢相信腦中萌生的想法。

這名〈伐刀者〉原本是他們的同伴。

他不明白眼前人為何要殺害自己人。

隊長的神情盡是藏不住的困惑。

相較之下，那道矮小人影跨過染血的雪地，來到隊長眼前——

「Row, Row, Row your boat, Gently in the bath～♪

（划吧，划吧，划小船，覺得疲累就泡個澡。）

If you see a spider, Don't foget to laugh～♪

（假如遇見了蜘蛛，千萬記得給牠一個笑容。）」

斗篷內露出一張稚嫩的容貌。他一邊唱著童謠，食指靠在酒渦上，揚起笑容。

他說：你也笑一個嘛。語氣像在逗笑孩子似的。

隨後，隊長的嘴脣違抗自身的意識，高高勾起嘴角，直到臉頰肌肉的極限——

下一秒，隊長以手槍往自己的太陽穴開了一槍，當場死亡。

那張滿載恐懼的笑容，就這樣停留在他死時的那一刻。

◆◇◆◇◆

高山上的所有人類全部死絕，只剩下自己。罩著斗篷的矮小人影——〈傀儡王〉歐爾．格爾站在山頭上，嘆了口氣。

「真笨啊。我可是高級幹部〈十二使徒〉的一分子，〈信徒〉又沒有能力，怎麼可能敵得過我呢？」

但是他們仍然上前攻擊，根本找死。

不、話又說回來，自己可是〈解放軍〉的高層，他們為何要對自己開槍？

歐爾．格爾思考至此，他才終於察覺一件事。

自己至今從未親身踏進總部。

「啊哈！難怪你們不認得我啊。哎呀，抱歉抱歉，我不小心忘了這回事。人有失足嘛，就原諒我吧。」

歐爾・格爾對著腳下的屍體道歉，但語氣沒什麼誠意。然後，他站在解放軍總部的大門前。

這扇高聳、巨大的雙開鐵門，單邊門板的重量就高達二十噸左右，普通〈伐刀者〉根本推也推不動，更不用說一般人了。

歐爾・格爾雙手撫上沉重的門板──

「我回來啦──！」

接著從容地推開了大門，彷彿眼前只是一扇木門。

就在大門開啟的瞬間──

「全軍，幹掉敵人────!!!!」

大約五十名士兵早就聽見門外的騷動，所有人在門後待機，同時朝歐爾・格爾開火！

士兵手上除了機關槍，甚至還有反坦克步槍、火箭彈發射器等等。

他們拿出目前的全部火力，一口氣攻擊即將進到總部的敵人。

「開槍、開槍、開槍！不能停，有多少子彈就射多少出去！這麼密集的火力，一定能殺死〈伐刀者〉！〈十二使徒〉歐爾・格爾背叛了〈解放軍〉！絕不能讓他活下來────!!」

「「喔喔喔——!!!!」」

射擊維持了數十秒，毫無間斷。

如此暴力用來對付一名人類，未免太過頭。

就算〈伐刀者〉能抵擋某種程度的物理攻擊，承受如此猛烈的射擊之後絕不可能平安無事。

但不幸的是……他們的對手並非尋常〈伐刀者〉。

歷經〈覺醒〉(Pluto Soul)的〈魔人〉(Desperado)——歐爾·格爾身處於鋼鐵與火焰交織的暴風雨當中，發出他那獨特的抽搐笑聲。

「啊哈　啊哈　啊哈！你們居然用這一大堆的餅乾來慶祝我邁向新旅程，我真是太開心了！」

「攻、攻擊沒效嗎!?」

「不、不對！是沒有命中！他把子彈全部**彈開了**！」

「怎、怎麼可能，彈幕這麼緊密，他究竟是怎麼……！」

歐爾·格爾面帶微笑地對驚恐的士兵說：

「你們為我準備這麼盛大的賀禮，我也得回禮回禮呀。」

歐爾·格爾朝士兵們伸出右手。

右手的中指勾向拇指——

「〈殺人戲曲〉。」

──「啪」的一聲，打了個響指。

說也奇怪，清脆的聲響在如瀑布般的槍聲之中，登時響徹整座鑿山而成的空洞之中。

「「「────」」」

下一瞬間，五十名左右的士兵全數崩解。

這句話不是譬喻。

所有人名副其實地化成**骰子牛肉般的細碎肉塊，散落一地**。

「哎呀呀，沒有一個人躲過啊？真沒勁。」

自己的伐刀絕技一擊殺光了所有士兵。歐爾・格爾沮喪地看著眾士兵的殘骸。

「其實**老師**第一次帶我來總部的時候，這裡有好多可怕的大叔，人人手上拿著武器，我嚇得渾身發抖呢。結果這些人也不過是無趣的人類，只會倚靠在〈暴君〉這棵大樹上。〈解放軍〉未免太缺人了，居然把護衛總部的工作交給這些沒用的傢伙。」

眼前再無敵人阻礙自己前進。

歐爾・格爾穿越肉片滲出的血泊，走向入口深處，前往那座通往下方的樓梯。

（現在這種簡單模式根本不用等**他們**，我一個人就────）

眼看歐爾・格爾就要下樓，沿著樓梯前往解放軍總部。就在這一剎那──

「────────!?!?」

一股無形卻銳利的衝擊猛地砸向歐爾．格爾。

這股衝擊輕易地拔起他嬌小的身體，擊飛至入口。

他在空中靈巧地翻了個身，安然著地。不過──

──他的腳下落下數滴鮮血。

歐爾．格爾的右頰劃開了一道撕裂傷，傷口落下那些鮮血。

他的周遭布下了肉眼無法分辨的防禦術──〈蜘蛛之巢〉，撐過暴雨般傾注的大批子彈，抵擋呼嘯而過的爆風。然而這一擊卻突破這猶如銅牆鐵壁的防禦──

「……啊哈　啊哈　啊哈。什麼嘛，裡面還是有超強的魔王在啊。」

歐爾．格爾擦去頰上的血痕，異色雙眸凝視著敵人的身影。只見那人緩緩走上樓梯，他身上強大的壓力令人無法呼吸。

他高大壯碩的身軀僅有單臂，身上披掛〈使徒〉的大衣。來人便是──

「華倫斯坦老師，你今天居然會在總部呀。」

◆◇◆◇◆

〈獨腕劍聖〉華倫斯坦大師踏上地面，與歐爾．格爾對峙。他微微瞇起那雙如鷹眼般銳利的眼瞳，質問眼前的背叛者。

「歐爾．格爾，你究竟在盤算什麼……」

「盤算？你是指什麼？」

「當然是指你的所有行動。先是擅自解放吾等的耳目，這次換成是攻擊總部，到底是什麼意思？」

「什麼意思～？嗯嗯～？什麼意思呢？」

華倫斯坦壓迫感十足地逼問。歐爾．格爾歪了歪頭——

老實地回答自己的動機。

「我膩了嘛。」

「……你說什麼？」

「我已經厭倦在〈解放軍〉操弄人偶了呀。之前會偶爾扮演各種角色掀起戰爭、觸發戰爭，或是反過來除去人與人之間的隔閡，維持和平，其實還挺有趣的喔？能享受別人各式各樣的人生，確實是滿刺激的。

……可是我膩了。總覺得這些事情已經變成一種習慣。

然後就在這個時候，我在那個無聊的保母任務裡遇見了『她』！」

歐爾．格爾幻想著那名女孩，神情激動不已。

「她踩碎了我，俯視著我。那雙紅瞳深處滿是滾燙的憤慨。

我不自覺地看呆了。

覺得她實在美麗極了。

然後我就心想。

我好想讓那雙眼變得汙濁。

我想弄髒那女孩高貴的心靈，看著她逐漸腐朽！

除了我姊姊之外，我是第一次對別人產生這種心情。

我好喜歡姊姊，以前的我是那麼喜歡姊姊。

……啊、原來如此，我一定是愛上她了。

所以我要去找她，要到她的身邊去，現在、馬上就去。

可是啊——」

歐爾．格爾說到一半，眼神從幻想之中拉回華倫斯坦身上，繼續說道：

「老師一定不允許我這麼做吧？你一定會來妨礙我。

這樣很煩，然後我就決定先處理掉舊玩具，再去找新的玩具玩。

所以我要殺光你們。我很感謝老師，把你當成父親一樣尊敬，但我還是要殺掉你喔。

『唯有優秀的存在才能貫徹自我』，這句話可是老師告訴我的，是你說這是世界上唯一的真理呢！」

歐爾．格爾緩緩攤開雙臂，展開十指。

歐爾．格爾進入應戰狀態了。華倫斯坦深知這一點——

「……是嗎？我明白了。」

他以左臂架起巨劍回應對手，忿忿地丟下這段話：

「在我的學生裡，你是最笨手笨腳的一個，但你似乎連腦袋都蠢到極點，實在無藥可救。不過是一條瘋狗，亂咬之前也不懂得分辨對象……你心中那份**無差別的惡意**、扭曲的靈魂，無需理由、只知道四處散布毀滅。我原本以為這樣的你或許會成為吾等的助力，協助吾等否定這個世界的秩序，才將你帶進〈解放軍〉……失策了，這是我人生中最大的汙點。自己犯下的過錯，必須以自己的劍一掃而淨……！」

歐爾．格爾忽然失笑出聲，像是聽到可笑的笑話。

「一掃而淨？靠自己嗎？啊哈　什麼呀？老師該不會打算殺了我吧!?老師之前不是才敗在B級學生騎士那種小角色手上嗎!?我和〈暴君〉一樣是〈魔人〉喔!?啊哈啊哈　啊哈！到底是誰不懂得分辨對象啊!?華倫斯坦老師！你老糊塗了呢！」

下一秒──

「──！」

華倫斯坦周遭的光亮覆上了黑暗。

華倫斯坦一驚，他轉過頭便看見了那東西。

他的身後出現一具岩石巨人，還高舉著手臂。

〈機械降神(Deus ex machina)〉。

這是〈傀儡王〉歐爾．格爾的伐刀絕技，能以絲線靈裝纏繞無機物，操縱自如。

歐爾．格爾以對話吸引華倫斯坦的注意，並削下華倫斯坦身後的石牆，製作出巨大的石人偶。

華倫斯坦察覺了巨人，卻為時已晚。

石人偶揮動岩石手臂，打橫掃向華倫斯坦！

攻擊命中華倫斯坦，他的身體猛地被掃到一旁，撞上石牆。

歐爾．格爾不會錯失敵人的致命破綻。

「嘻哈哈————!!!」

他隨即操縱石人偶，繼續追打鑲在牆上的華倫斯坦。

岩石巨拳如驟雨般落下。

一次又一次，不斷地毆打。

石牆產生龜裂，洞窟開始崩塌，他仍然無動於衷。

歐爾．格爾將華倫斯坦砸成肉醬，同時高聲大喊：

「啊哈　啊哈　啊哈（Merrily Merrily Merrily）！誰都不能阻止我『幸福的人生』！每個人都有權利幸福地生活呀！沒錯，要活潑地、開心地、快活地活著！」

他高呼著自己的正當性。

然而——

「蠢話說完了嗎？」

華倫斯坦的語氣聽起來仍然一如方才的沉穩。

「咦……!?」

他施加的攻擊足以將人類打成肉醬。

華倫斯坦的聲音卻感覺不出他受到任何損傷。歐爾・格爾屏息凝氣，讓石人偶停下毆打，仔細凝視四散的沙塵深處。

華倫斯坦——仍然佇立在原地。

毫髮無傷。

是的，石人偶的拳頭全都砸在他周遭的石牆上。

究竟是怎麼——

華倫斯坦不會給他空閒思考這個疑惑。

「〈開山斬(Berg Schneiden)〉!」

劍光一閃。

〈獨腕劍聖〉身軀一扭，揮動巨劍。

他一劍劈開眼前的石人偶，輕鬆得像是在切奶油。而這一劍如同其名，不僅劈開石人偶，還將周遭群山的山頂、連同解放軍本部所在的雪白山峰一同斬飛。

「——哇、喔。」

山頂從斷面滑下，掉落、崩塌。

滿天星空頓時在頭頂上一覽無遺。

歐爾．格爾看著這片天搖地動的破壞場面，一時語塞。

——華倫斯坦趁機大步上前。

「唔、〈殺人戲曲〉……！」

歐爾．格爾立刻迎擊。

他打了個響指，施展方才將眾士兵斬成肉片的伐刀絕技。他射出自身周遭布下的絲線，進行大範圍壓制性斬擊。不過——

「——」

數以千計的絲線組成斬擊，讓人無處可逃。但每一根絲線觸碰到華倫斯坦的剎那，就忽然滑開，無法劃傷他的皮膚。

華倫斯坦從容地穿越斬擊之網，揮動巨劍——

「哼！」

一劍劈向歐爾．格爾！

歐爾．格爾早就以自身的絲線靈裝布下結界，槍林彈雨都無法越過雷池一步。即便這一擊足以開山闢地，〈魔人〉歐爾．格爾的魔力仍然占上風，華倫斯坦無法斬斷歐爾．格爾的靈裝，〈蜘蛛之巢〉硬生生擋下這一劍。

——他擋住敵人的殺招了！

華倫斯坦出招結束，露出瞬間的破綻。

歐爾・格爾立刻操縱絲線，打算趁機回擊。

但是——

（咦!?）

歐爾・格爾的表情一驚。

絲線像是卡住似的，一動也不動。

原因就在於——

「摩擦力——1000%。我纏住你的絲線了。」

華倫斯坦說完，巨劍往橫向一揮。

絲線結界順著巨劍的方向，硬生生被扯開。

「咕、噗!?」

華倫斯坦活用壯碩的身軀，使勁踢向歐爾・格爾毫無防備的腹部。

歐爾・格爾矮小的身體像足球一樣被狠狠踢飛，在地面翻滾數十公尺後撞上石牆。

「咳、咳咳！好痛喔～……」

「愚蠢的臭小鬼。沒想到你如此沉溺於〈覺醒〉後的能力，完全不懂〈伐刀者〉之間的對戰基礎——能力之間的相性差異會影響戰鬥結果。」

華倫斯坦的辱罵隱隱透露著失望，他再次逼近歐爾・格爾。

歐爾・格爾馬上想站起身重振態勢，但——

「唔!?」

他用來支撐的手掌一滑，臉部直接撞上地板。

「奇、怪，站不、起來……好滑！」

「你的腳邊不存在任何摩擦，當然站不起來。」

「摩擦……啊……老師的能力好像是——」

「蠢材，現在才想起來嗎？我的劍能支配『摩擦』。你的『絲線』不論操縱或斬殺敵人，都必須**接觸**對方，而我的『摩擦』能阻絕世上任何物理性接觸，能力之間是絕對相剋。你的能力是名副其實地動不了我一根寒毛，不論〈覺醒〉與否都一樣。」

自己無法起身，只能眼睜睜看著絕對的死亡一步一步靠近。

歐爾．格爾打算驅使絲線吊起自己，意圖脫離絕境——

他猛然發現。

華倫斯坦早已將戰場的天花板，以及周遭的高山全都砍飛，沒有一個地方能懸掛絲線。

「啊　哈……討厭啦、老師……居然、對小孩子認真。」

歐爾．格爾見識到華倫斯坦的老奸巨猾，只能苦笑連連。

華倫斯坦見狀，沒有吐出任何玩笑話，他來到歐爾．格爾的面前——

「假如是其他弟子背叛我的期待，我或許會感到憤怒且無奈，嘆息自己不得不親下殺手處置……歐爾・格爾，我對你倒是沒有一絲期許。你就只是個**空有龐大力量的小鬼頭**……我終於能親手抹去自己的汙點，現在可是十分爽快呀。」

他高舉巨劍，打算斬下歐爾・格爾的首級。

「去死吧。」

他無情、冷漠地發出宣告。

歐爾・格爾很清楚。

華倫斯坦下一秒將毫不猶豫地揮劍，像在切除蔬菜頭一樣，不帶任何情感地剁下自己的頭。

歐爾・格爾面對這明確的殺意——

「啊哈　啊哈　啊哈……！」

他愉快地笑了。

華倫斯坦踢傷了他的內臟，口中還滴著鮮血。

他無處可逃，開始自暴自棄了？

……並非如此。

歐爾・格爾的笑……是嘲笑。

他的笑聲滿載著對華倫斯坦的嘲弄。

「……你在笑什麼？」

華倫斯坦眉頭微蹙。

歐爾．格爾嗤笑著回答：

「啊哈 太好笑了。老師明明這麼了解我這個人，知道我只是空有力量的臭小鬼……你以為一個臭小鬼面對老師這種強敵，怎麼可能老實地一對一呢!?」

「————呃、哈!?!?」

下個剎那。

華倫斯坦的胸口遭到貫穿，從中伸了出來——

一隻漆黑的手臂，手中還抓著華倫斯坦不斷跳動的心臟。

「華倫斯坦老師，你果然老糊塗了。」

◆◇◆◇◆

胸口傳來一陣劇痛，下一秒，漆黑手臂扯開肋骨，猛地伸出來。

華倫斯坦還來不及弄懂發生什麼事，他啞口無言地望著那隻手臂，以及手臂握住的心臟。

不久，一切發生變化。

覆上黑色手套的手掌之中，心臟忽然開始急速乾癟。

心臟喪失水分，皺成一團，簡直像一顆番茄乾。

有什麼力量能造成這股襲擊自身的現象？

就華倫斯坦所知，只有一種能力辦得到。

「怎、麼、可能……！這個能力……難、不成、啊、啊——」

他無法說出自己的推測。

因為華倫斯坦的全身也如同那顆心臟，開始急速乾枯。

皮膚喪失水分，表面變成格子狀；眼球失去其中的體液，化為薄膜垂下；肌肉變得細瘦。

華倫斯坦轉眼成了一具木乃伊。他胸口伸出的手臂抓住了他的臉部——

——一把扯下！

華倫斯坦的皮膚下方出現了另一個男人。

那個男人的頭髮乾燥雜亂，身上清一色漆黑，外表十分陰沉。

歐爾・格爾出聲歡迎男人。

「哈囉，〈沙漠死神(Haboob)〉，我一直相信你會趕來呢。」

〈沙漠死神〉聽見歐爾・格爾隨興的歡迎——

「……哈囉個頭啊，大蠢蛋！」

他單手伸向倒在地上的歐爾．格爾，抓住對方的胸懷一把撈起，雙眼怒視。

「哇哇、禁止暴力……！」

「自己叫人過來，結果一照面就差點被幹掉。你要我嗎？」

「哎、哎呀，你都趕來救我了，這不就好啦？」

「老子沒來你就死定了。」

「能在最需要的時候颯爽登場，我們一定能相處融洽呢。」

「呿……！」

歐爾．格爾的態度難以捉摸，讓他明白多說無益。

〈沙漠死神〉隨手丟下歐爾．格爾。

「痛痛痛……別那麼粗魯嘛。」

「誰跟你相處融洽，聽了就反胃。我只是對你掀起的『戰爭』跟『約定』有興趣，才會跑來這裡。」

「約定？」

「少裝蒜。當初我們可是約好，等到我們毀掉奎多蘭跟法米利昂這兩個天真的國家──兩國的一切就由我接收。若不是你提出這個條件，你那種低級愛好我才懶得奉陪。你敢唬我……老子現在就代替華倫斯坦老頭劈了你。」

「啊、你在說那件事啊。我當然是說真的囉。我只想要史黛菈而已，剩下的人看你要殺、要姦還是盡情支配，全都隨便你。」

〈沙漠死神〉聽完歐爾．格爾的回答，露出猙獰的笑容：

「哼哼、也罷，反正我對小鬼沒興趣。為了到手一個屬於我的國家，我就陪你玩一玩吧。」

他再次宣示協助歐爾．格爾。

「那就別磨磨蹭蹭的，趕快去解決那些剩下的小渣渣。好不容易要來一場快樂無比的戰爭，要是有人來礙手礙腳可就掃興了。」

〈沙漠死神〉走向通往下方的樓梯，邁步前往解放軍本部。

不、他剛要踏出步子，接著──

「哎呀哎呀，居然要拿『殺戮』換取報酬，真是庸俗呢。所以人家才討厭下賤的『傭兵』啊。」

「咕嘻？咕呼呼……！」

樓梯下方漸漸探出兩張熟悉的面孔，〈沙漠死神〉停下腳步。

「哈！妳同樣隸屬於〈解放軍〉的『殺手一族』，說什麼屁話。」

「唉呀，真沒禮貌。人家要是跟那些無趣的傢伙一樣，現在怎麼會站在這裡呢？」

「〈惡之華(Dirty Rose)〉，還有〈B．B〉，你們都來啦！」

來人為一男一女。

女子有著一頭美麗黑髮，身形纖細；男人則是胖得像一個不倒翁。歐爾・格爾出聲迎接兩人。

「咿～！」被稱為〈B・B〉的胖子像馬一樣露出牙齦，滿面笑容。

「我才要感謝你呢，〈傀儡王〉。謝謝你提出這份美好的邀約。」

擁有〈惡之華〉之名的黑髮女子則是感謝歐爾・格爾今日的招待。

歐爾・格爾問向女子：

「你們是從總部上來的，也就是說已經解決了？」

女子點了點頭。

「是呀，〈暴君〉以外的所有人都收拾乾淨了，就像這樣。」

女子側開了身子，將道路讓給後方上樓的人群。

歐爾・格爾認得那群人的樣貌。

除了自己與〈獨腕劍聖〉，今天共有七名〈十二使徒〉待在總部。

所有人都是聞名表面社會的仕紳，例如某國的大富翁或是知名幹部。

不過——

「嗯哼哼……很美吧？」

所有人的外貌已經面目全非。

七名仕紳腳步搖晃地踏上階梯，每一人的身體各處長出花朵。

花朵不只是從鼻孔、嘴巴、雙耳等開口伸出，甚至將眼球擠了出去，刺穿肌肉、皮膚，爬滿全身上下。

是玫瑰。

所有人身上四處綻放紅、黃、藍三色的玫瑰，每一朵都十分豔麗。

〈惡之華〉陶醉地凝視那些仕紳。

「我已經厭倦躲在陰影裡工作了。為金錢而『殺戮』根本是在褻瀆生命，所謂的人命……應該用來綻放更鮮豔的花兒，不是嗎？」

「這些人……他們該不會還活著吧？都變成這副德行了說。」

「嗯哼哼，是呀。真虧你能察覺呢。」

歐爾．格爾的推測似乎讓〈惡之華〉相當開心，不禁話多了起來。

她解釋道：這些花朵是以自己的能力改良出的魔法花朵，只要將種子埋入人類的肝臟，種子便會突發性地成長茁壯，吸食人類宿主的鮮血，並綻放嬌美的花朵。

「這些孩子的厲害之處就如你所想。它們行光合作用之後能製造出肝糖，並輸送至根部寄宿的內臟裡，絕不會殺死宿主。荊棘會延伸至全身，將四肢的神經四分五裂，所以這些人無法自由行動，不過荊棘絕不會破壞驅動內臟的神經與痛覺，它們會從體內持續賦予宿主劇痛，促進宿主的新陳代謝，強制宿主繼續存活……如何？不覺得這些孩子很厲害嗎？」

〈惡之華〉自豪地炫耀自己改良的魔法花朵。

歐爾・格爾使勁地點頭。

「嗯！妳的興趣很不錯呢，我很喜歡。」

此時，歐爾・格爾忽然被擠到一旁——

「好、香……」

〈B・B〉被染血玫瑰的香氣吸引過來。

〈惡之華〉見他對自己的魔法花朵有興趣，十分愉悅——

「哎呀，〈B・B〉。你也明白這些花朵的美麗之處嗎？你可以再好好欣賞一番。」

她這麼建議道，不過——

「看起來好好吃～♪」

「啊……」

下一秒，旁人還來不及阻止〈B・B〉，他一把扯下染血玫瑰，大口嚼著。

「好甜好甜～」

〈惡之華〉見狀，標致的臉蛋滿是不快。

「……不懂鮮花之美的野蠻人，我們一點也合不來呢。」

「別、別這樣嘛，〈B・B〉也不是故意的。」

歐爾・格爾做為〈B・B〉唯一的朋友，只能盡力安撫〈惡之華〉。

「所以？妳已經解決掉剩下的〈十二使徒〉，只剩〈暴君〉了吧。」

〈沙漠死神〉問著〈惡之華〉。

〈惡之華〉點頭回應：

「是，這七人不是伐刀者，只是普通的惡棍……但〈暴君〉是〈魔人〉，實力足以三分天下，我一個人不可能應付得來，所以我沒有接近〈王座〉。」

「軟腳蝦。」

「請說是『謹慎』，這份工作可是極為重要呢。」

「全都是屁話。半個世紀之前的老頭子有什麼，看我一拳揍飛到地獄去。」

〈沙漠死神〉不屑地吐出這句話，並且敲響拳頭激勵自己。

歐爾・格爾見狀——

「不、沒那個必要啦。」

阻止了〈沙漠死神〉。

「……？怎麼沒必要？」

歐爾・格爾答道：

「因為……〈暴君〉不在總部。」

歐爾・格爾開始對三人解釋。

他的能力極為適合進行諜報工作，所以他以能力知曉了〈解放軍〉的祕密。

〈十二使徒〉之中……風祭晄三、〈大教授〉以及另外一人——只有這三人知道〈暴君〉真正的所在處。

〈沙漠死神〉與〈惡之華〉一聽，震驚地瞪大雙眼——

緊接著——噴笑出聲。

「噗、啊哈哈哈！什麼呀，真是太過分了呢！」

「嘻嘻嘻……華倫斯坦那老頭這下可是死不瞑目啦。」

「就是說嘛。所以囉，我們在這裡該做的事都做完了。」

〈解放軍〉已經沒有任何力量阻礙他們。

四人再無後顧之憂。

之後……就只需要盡情享受。

歐爾．格爾再次看著應召而來的三人，說道：

「各位回應我的邀約，今天聚集在這個地方……代表你們應該跟我有同樣的想法。也就是說……你們也覺得這個世界很無聊，對吧？」

「「「——」」」

「每個人都異口同聲地說著同樣的話。

不能做壞事，要做個善良的人，與他人相親相愛。

**這麼做**就能讓人生更加幸福、多采多姿。

……但是我們在**這些行為**裡感受不到幸福，我們又該怎麼辦？

世界總是對我們這麼說：

我們應該壓抑自己，笑咪咪地對旁人獻媚，過著無趣又難耐的人生。

……這也太過分了吧。

世界要我們為了他們的幸福而死。

這個世界太任性了。

那我們也沒必要忍耐。

沒道理配合他們的韌性。

因為這個世界本來就只存在唯一的規則。

『只有強者能貫徹自我』，這就是唯一的真理。」

所以他們不需顧慮任何人事物。

他們早已做為強者，誕生在這個世界上——

「盡情地殺戮；

盡情地搶奪；

盡情地吞噬吧。

就讓我們為所欲為，盡情頌揚我們僅有一次的美好人生！活潑地（Merrily）、開心地（Merrily）、快活地（Merrily）活下去！」

「還用你說。」

「當然了……就讓我們好好享受一番。」

「咕嘻嘻♪」

歐爾·格爾聽完三人的回答，滿意地點了點頭，轉身一跳。

「那就走吧。我們就善用我們的力量，讓這個世界更加、更加愉快吧！」

於是，生存於陰影之中的惡鬼們邁開步伐。

前往陽光映照的世界——奎多蘭。

◆◇◆◇◆

「……這下糟了……」

解放軍總部發生的慘劇。

月影從歷史洪流中讀取完那一切，愕然低語道。

「月影，你看到什麼了？」

月影將自己的所見所聞告訴晄三。

晄三聽完，不免一陣動搖。狀況遠比他的預想還要惡劣。

「〈傀儡王〉謀反之事還在預料之內，沒想到連〈惡之華〉、〈B・B〉以及那名〈沙漠死神〉都參與其中。他們還打算摧毀奎多蘭和法米利昂？為何會選擇這兩個國家……」

「〈傀儡王〉曾以〈平賀玲泉〉的身分接觸史黛菈公主，〈傀儡王〉或許是在那次邂逅中對史黛菈公主產生興趣。」

換句話說，這是月影自身的責任。他為了避開最糟糕的未來，借用了地下社會的力量，才引發這次事件。

他絕不能置身事外。

自己必須設法解決這件事。

「不能再繼續浪費時間。我打算立刻向聯盟通報此事，您意下如何？」

晄三隨即點頭答應。

「我也刻意對聯盟釋出相同情報，應該能省下對方查證的時間。」

「謝謝您的協助。」

「狀況似乎比預料之中還要急迫許多。總之你先聯絡聯盟，讓〈白翼宰相〉有所行動，他一定有辦法隨機應變。我會帶領存活的〈十二使徒〉再次重建〈解放軍〉。〈解放軍〉絕不能現在倒下，這股第三勢力必須繼續存續，才能維持現今的世界局勢。」

〈傀儡王〉的失控肯定會為表面社會帶來龐大的衝擊。

屆時，輿論必定開始偏向殲滅〈解放軍〉。

但要是失去〈解放軍〉這股第三勢力，〈聯盟〉、〈同盟〉之間將不再存在任何阻礙，兩大勢力將會開始針鋒相對，世界……很可能走向月影夢中那樣絕望的未來。

無論如何都必須避開這個可能性。

晄三說完自己的想法——

「我明白了。」

月影也表示認同。然而就在此時——

「啊！」

兩名大人擔憂著世界的結局，凜奈忽然驚呼一聲，問向夏洛特：

「夏爾！〈落第騎士〉和〈紅蓮皇女〉他們現在正待在法米利昂對不對!?」

「之前的慶功宴上，他們確實說過要去法米利昂呢。」

「……！」

莎拉聽見凜奈的驚呼，臉色刷地發青。

之前一行人在「一等星」舉辦的慶功宴上，兩人的確這麼說過。

他們會利用剩餘的暑假前往法米利昂。

沒錯，而〈傀儡王〉早已在法米利昂守株待兔。

「我知道、一輝的電話號碼……！」

他們會遭遇危險。

莎拉立刻打算通知兩人。她取出手機，但是——

「打不通……為什麼……」

然而，不只莎拉的手機無法通話。

月影正在聯絡聯盟總部，但他的手機也同樣無法接通。

「我的手機也撥不通呢。之前的突襲破壞了通信設備嗎？」

「這就怪了，我聯絡你們的時候，通信設備還很正常——」

眺三疑惑著，就在這個剎那——

「風祭大人！緊急狀況！」

一名〈信徒〉神色驚慌地趕到五人身邊。

「怎麼回事!?」

晄三察覺狀況不對勁，連忙問道。〈信徒〉臉色鐵青地報告：

「西北方的瞭望小屋剛才發出警告。有三架武裝直升機正急速駛向總部！」

「你說什麼!?」

「機種為洛克貝爾公司製造的信天翁式直升機！速度比型錄資料還快上三倍，只有一股勢力擁有這種直升機！入侵者是美國超能力部隊——〈ＳＣＩＯＮ〉，

〈超人〉亞伯拉漢・卡特……!!」

「「「……！」」」

三分世界的其中一股勢力——大國攜手組成的〈同盟(Union)〉之中，最強的男人。

現在，這個男人直接闖進解放軍總部。

這就代表……他打算率先推動整個世界！

「諸事無常啊……」

風祭晄三長年身處地下社會，始終守護著世界現今的模樣。而他現在明白了。

時代、世界、甚至是這顆星球的命運已經掀起浪濤，蠢蠢欲動。

自己已經無法阻止這一切了。

（對不起了……龍馬。）

第七章 訪問奎多蘭

奎多蘭第一王子——約翰撥了一通電話給露娜艾絲。

電話的內容如下：「〈國際魔法騎士聯盟總部〉傳來消息。一名隸屬於〈解放軍〉的凶惡罪犯——〈傀儡王〉歐爾・格爾正潛伏於法米利昂、奎多蘭周遭。而戰爭舉辦在即，屆時兩國國民往來將會一口氣遽增，因此想在戰爭之前討論如何應對。」

約翰接著又說道。

他想在戰爭開始之前，與那名擊敗〈紅蓮皇女〉，來自遠東之國的武士——〈落第騎士〉黑鐵一輝見上一面。

約翰身為一名騎士，對一輝非常有興趣。

約翰的請求是出自好奇心。露娜艾絲個人當然想優先加強提米特等人的實力，但她之前勉強拜託奎多蘭，強行讓他國國籍的一輝擠進代表名額，欠約翰一個人情。

露娜艾絲只能心不甘情不願地答應，拜託一輝同行。

露娜艾絲為了幫一輝說服席琉斯，事前似乎做了不少準備，還幫一輝準備了法米利昂代表選手的名額，讓他有機會證明自己的價值。一輝當然不能拒絕她的請求。

而既然一輝得同行，史黛菈也跟了過去。於是乎，一輝、露娜艾絲以及史黛菈三人搭乘皇室專用的小型客機，直線飛往奎多蘭。

「不過我還挺吃驚的。雖說是順從聯盟的規定，但奎多蘭和法米利昂兩國之間還是進行了戰爭，我原本以為雙方的關係應該更加險惡才是。王室之間居然有私交，感覺雙方很親近呢。」

一輝在飛行途中聽完對方請自己過去的前因後果，老實地道出自己的驚訝。

史黛菈也表示認同。

「這麼說來的確很奇怪呢。我從很小的時候就跟約翰哥玩在一起了，還以為這是理所當然的呢。直到我去日本留學，才終於發現我們國家這麼特別。」

露娜艾絲對兩人說道：

「我們兩國的關係當然不是一開始就這麼和睦。」

畢竟法米利昂是贏得戰爭，才脫離奎多蘭獨立建國。

「雙方王室以及國民之間的隔閡相當深。兩國之間不斷發生小衝突，也教育國民要憎恨敵國，就這樣持續了幾百年。父母傳子，子傳孫，代代延續這份憎恨，明明這些痛苦與屈辱都不曾發生在自己身上，仍然以此為由恨著對方幾百年……不覺得這習俗很愚蠢嗎？」

露娜艾絲以眼神質問一輝，一輝微微點了頭：

「……當然會覺得愚蠢，不過……原諒比憎恨難上數倍。」

「沒錯，這事聽起來雖然很愚蠢，卻是無可奈何。」

人類的歷史伴隨著戰爭。

每個國家都背負著罪業。

對任何國家來說，這都是無解的問題。

「不過呢，三十年前，出現了一個比這習俗蠢上百倍的傢伙。」

「妳該不會是說父王吧？」

露娜艾絲點了點頭。

「沒錯，那個傢伙就是我們的父王，席琉斯王。席琉斯王即位之初便獨自跑到當時斷絕來往的奎多蘭，一個人攻下整個奎多蘭軍，還闖進王宮裡，對奎多蘭的克雷夫王這麼說道：『何必拖著全國繼續打那幾百年前的老戰爭！你要是討厭我，我就陪你好好打上一架！』」

「欸、咦咦咦……」

「真、真豪爽啊。但感覺只要走錯一步，就會引發國際問題……」

露娜艾絲見兩人啞口無言，不禁哈哈大笑：

「一定會引發國際問題呀。他真的是個大笨蛋。

……不過，克雷夫王見到有人笨成這樣，也不禁心想。

這個男人這麼好笑，自己根本恨不了他。然後他也察覺到了。

這些憤怒、憎恨早已不復存在，繼續逼迫國民繼承這些東西，真是愚不可及。

自此，兩國停止對國民植入對敵國的恨意，開始積極交流，一點一滴改善彼此的關係。現在的戰爭雖然是繼承了『爭奪領土』的名目……實際上哪邊輸哪邊贏都不會有損失。」

「是嗎？」

「在父王那次事件之後，就決定贏得天然氣田的一方要負擔戰敗方的公共設施維護費用。現在的戰爭不過是空有戰爭之名的共同演習。」

「到時還會擺很多攤販呢。」

明明自己擊敗過〈紅蓮皇女〉，奎多蘭為何答應讓他參戰？一輝聽到這裡，才明白原因。換句話說，這場戰爭算是兩國的交流大會，沒必要太執著輸贏。

對方或許覺得他參戰能讓活動更加熱絡，才會爽快答應。

「話說回來，父王居然做過這種事啊。我是聽說過父王以前曾在奎多蘭鬧事，反正父王一直都是那個調調，我還以為事情應該更蠢一點呢。」

「我也是從克雷夫王那裡聽說的。父王大概覺得讓我知道會被我痛罵，所以才瞞著不說吧。而且要不是克雷夫王度量大，他這一鬧搞不好會引發新的戰爭呢。」

「不過正因為岳父如此豪爽，不被過去的陋習束縛，才能解開法米利昂跟奎多蘭長年的恩怨吧。」

露娜艾絲卻聳了聳肩：

「這話就難說了。『顧慮到國民情感，必須先維持戰爭的形式，再以利益對分的方式架空戰爭的意義』，你看父王那副德行，我實在不認為他想得出這麼柔軟的政治對策。我猜這一連串的改革應該是出自母后的指示。」

「我也有同感。現在國內內政跟外交大部分都由母后主導，幕後黑手一定是母后。」

（這麼說起來，史黛菈以前好像說過……）

史黛菈來日之際，阿斯特蕾亞皇后曾經因為席琉斯王反對史黛菈留學，將他關進監獄。

兩人之間存在絕對的權力平衡。

（……要小心別惹怒岳母了。）

「總之就是有這些經過，法米利昂和奎多蘭由兩國王室主導，開始實施和解政策來緩解過去的恩恩怨怨。一輝感到意外的兩國王室交流也是這個政策的一環。但說到底，我們小時候並不是因為那些政治糾紛，是自然而然就熟悉起來了。」

「約翰哥從以前就在露娜姊面前抬不起頭呢，看起來跟真正的姊弟一樣。」

「對史黛菈來說，他就像是妳的哥哥吧？」

史黛菈用力地點了點頭。

「是啊，約翰哥是這一帶最強的騎士，以前常請他陪我做訓練呢。」

「幾乎是妳單方面把他打得落花流水吧。」

露娜艾絲淡淡苦笑，看向飛機的擋風玻璃。

她對兩人說道：

「好了，已經看得見了。那裡就是奎多蘭首都──路榭爾。」

◆◇◆◇◆

奎多蘭首都──路榭爾。

一輝等人降落在政府機關專用的機場，並在那裡辦好入境手續。

三人理所當然是受到貴賓待遇，免除了隨身行李檢查與麻煩的應答。

露娜艾絲與工作人員說上兩、三句話就結束檢查，三人一起通過關卡。

三人走出機場大門，搭上加長型禮車，前往路榭爾中央大道。

一行人來到廣場，這裡是他們與約翰王子約好的見面地點。

一輝第一次來到奎多蘭，周遭的景色讓他不由得屏息以對。

「這……真是壯觀呢。」

眾多新藝術運動建築圍繞在廣場周遭。

周遭風景洋溢著西洋風情，彷彿直接重現整座中世紀歐洲的街景。

一輝沒有拍照的興趣，不過這副景象實在美極了，令他忍不住想將眼前的美景納入底片之中。

「路樹爾的城市本身就列入世界遺產，非常值得一看，對吧？」

「是啊，感覺就像穿越時空回到了中世紀，真的非常美麗。」

「呵呵，新藝術運動建築的歷史並沒有那麼久遠，但正好符合東洋人對歐洲的印象吧。你們國家來的觀光客也非常喜歡這個地方。難得來一趟，你之後就和史黛菈一起去散個步也好。」

「好主意！一輝，我們就這麼辦吧！」

「也是，機會難得──」

「反正戰爭結束為止我們都會待在這裡，你們要是想直接外宿就去吧。我會幫忙瞞著父王的。」

「露、露娜姊！妳、你在說什麼呀！討厭！」

露娜艾絲露骨的態度讓史黛菈滿臉通紅。就在此時──

「露娜艾絲小姐！」

一名穿著華貴的青年高聲打招呼，跑了過來。

「不好意思，你們等很久了嗎!?」

青年擔心地問道。露娜艾絲則是調皮一笑，說道：

「沒有，我想你這麼拘謹，一定又在約定時間的三十分鐘前來等，所以我特地配合你的習慣，幫你省了時間。」

「啊、啊哈哈……讓妳費心了。」

史黛菈見狀——

「好久不見——！我們最後一次見面應該是去年的聖誕節吧？」

「是呀，半年不見了。我聽說妳在日本表現十分亮眼，還贏過那位〈烈風劍帝〉是吧？聽說日本的〈魔法騎士〉個個實力高強，真不愧是史黛菈呀。」

「哼哼，再強也不是我的對手啦。」

她與青年寒暄著。

一輝見到三人的交流，他用不著介紹就得知來人的身分。

正是這名金髮青年邀請自己來到奎多蘭。

一輝察覺這點，同時——

「然後……這麼強悍的史黛菈，居然有人擊敗她兩次——就是你，對吧？」

約翰的寶藍色雙眸望向一輝。

「黑鐵一輝，初次見面。我是奎多蘭第一王子——約翰・克里斯多夫・馮・柯布蘭德。非常感謝你今天答應我任性的請求。」

「不、不會，承蒙王子邀請，我也覺得非常榮幸。」

「這裡也有進行〈七星劍武祭〉的轉播，我見識過你的比賽……你真是厲害，面對史黛菈居然能打得勢均力敵，我不自覺看呆了，甚至忘了呼吸呀。換成是我，一定只會被她一面倒地壓制住。」

「……您過獎了。」

「我同樣身為一名騎士，真的很想知道一輝都怎麼鍛鍊？對自己的劍術又是抱著何種想法？請一定要讓我討教討教。」

「不、請別這麼說，我也不清楚自己能不能幫上忙……」

約翰的態度太過客氣，一輝不禁跟著謙虛過度。

說實話，一國王子對他如此多禮，他實在不知道該如何反應。

就在此時——

「約翰，你要打招呼是沒關係。」

露娜艾絲忽然一臉嚴肅地介入一輝與約翰之間，接著——

「你的領巾歪了。我不是一直提醒你要多注意穿著？你長得英俊，相對容易凸顯外貌上的疏忽。好了，別動，我幫你整理一下。」

「等、等等等，露娜艾絲小姐。還有外人在，這麼做實在很丟臉……」

「會覺得丟臉就多注意點，別讓人見到你那麼糗的一面。還有呢……你也不想想自己的身分地位，你問候得那麼謙卑，一輝都僵住了。你的言行要配合別人，這才稱得上真正的禮節。」

露娜艾絲一邊幫約翰調整領巾，一邊指出一輝尷尬的原因。

約翰聞言，這才注意到自己的粗心：

「啊、啊哈哈……我總是敵不過露娜艾絲小姐呀。」

他向一輝道了歉，老實地站在原地不動，直到露娜艾絲整理好為止。

史黛菈在一旁看著兩人，悄悄在一輝耳邊說道：

「你看，他們真的很像姊弟對不對？」

她這麼說道。

不過，一輝卻對眼前的兩人抱持不同印象。

（不……他們與其說像姊弟……）

咕嚕嚕嚕嚕嚕……………

「啊。」

四人忽然聽見怪聲。

露娜艾絲皺起眉，斜眼瞪向聲音來源——史黛菈。

「……史黛菈，我說妳啊。」

「沒、沒辦法嘛！我又還沒吃午餐！」

「就算餓了，堂堂一個妙齡少女的咕嚕聲怎麼能拉長音啊！」

「龍、龍之力覺醒之後我就很容易餓肚子嘛！不是我的錯！」

約翰見史黛菈紅著臉找藉口，揚起微笑：

「現在正好是午餐時間呢。不然就這樣，在討論如何應對那名可疑人物之前，我們先去用餐如何？現在廣場在準備戰爭的活動，擺了不少攤位，就去那裡吧。」

他向三人提議道。

史黛菈立刻附和。

「我贊成！露娜姊，可以吧？」

「……假如嚴肅話題討論到一半還要聽妳肚子叫，我可沒轍呢。」

「反正就在旁邊，我們走路過去吧。」

法米利昂與奎多蘭的這次戰爭就辦在路樹爾國立競技場。四人走向競技場附近的中央公園。

大約需要步行十分鐘才能抵達目的地。

距離雖然不遠，自國的王子與鄰國的公主走在路上自然是引來注目。四人的兩旁開始聚集人群。

『啊！是王子殿下！』

『法米利昂的兩位公主也在呀！』

『就算直接看到真人，她們還是很美啊……』

『呀啊──！露娜艾絲殿下──！太帥了──！』

『我很期待比賽喔──！不過這次也會是我們贏啦──！』

「你說什麼──！這次我也會參戰，給我洗好脖子等著吧！」

左右兩方的人群紛紛歡迎兩人。史黛菈與露娜艾絲揮著手、出聲回應民眾。

眼前的景象完全感受不到過去的隔閡，顯得非常融洽。

兩國王室積極實施的和解政策，其成果確實相當顯著。

不過——

（怎麼、回事……？）

一輝原本瀏覽著眼前的光景，忽然感受到強烈的異樣感，不禁停下腳步。

人群之中。

有一處非常不自然的「空洞」。

空白的場所——

（不、不對。）

並非空白。

一輝開啟五感，以全身感官凝視著那處「空洞」。

聲音的流向、空氣的停滯、各種氣息——

他補足了不自然缺損的視覺情報之後，漸漸看清那個地方。

緩緩浮現了出來。

那一處在視覺上，不過是一片空白。

其中卻站著一名女子。

在場除了一輝以外，沒有任何人察覺她的存在。那名銀髮女子的雙瞳帶著不同色彩，靜靜眺望著一行人。

她的身影、四周的氣息——一**輝認得她**。

（那個人是……為什麼**那個人**會在這裡……？）

「一輝？」

「哇……！」

史黛菈忽然拍了一輝肩膀。一輝所有的注意力都在那名女子身上，頓時嚇得全身一抖。

「怎、怎麼了？你好像在發呆……」

一輝一時反應過度，反而嚇到史黛菈。她疑惑地問道。

「啊、沒有……」一輝含糊地回答，視線再次轉向剛才那名女子。不過女子稍早佇立的場所早已換成城裡的路人，女子已經消失無蹤。於是——

「……沒什麼。」

「真是的，再繼續發呆我就要丟下你囉？」

「抱、抱歉，我會注意的。」

一輝向史黛菈道歉，快步走上前。

◆◇◆◇◆

這裡是法米利昂與奎多蘭的國境交界處。

法米利昂境內一座略高的山丘，上頭有一處場所染滿整面鮮豔的金黃。

法米利昂的主要產業之一是花卉輸出。而這座寬廣的向日葵農場就支撐著這塊產業。

「嗯——今年也開得很漂亮呢。」

「是啊，蜂箱裡也滿是高級蜂蜜呀。」

「今年夏天偏冷，我原本還擔心會不會長不大，能趕上慶典真是太好了。」

負責管理向日葵田的村姑們採摘盛開的向日葵，安心地鬆了口氣。

這裡採摘的花卉全都要免費送給到奎多蘭去。

這些花卉都是用來裝飾慶典的會場。而所謂的慶典——就是法米利昂與奎多蘭交戰時的兩國交流會。蜂蜜會送到攤販那裡，做成美味的甜點取悅民眾的舌尖；花卉則是拿來裝飾花車，讓觀看遊行的人們賞心悅目。

「希望這些花能讓奎多蘭的人們更開心呢。」

村裡的女孩悄聲低語，擦著額頭的汗水看向奎多蘭的方向。

就在此時。

「奇怪？」

女孩見到有些詭異的東西。

「媽媽，今天有舉行共同演習嗎？」

「演習？我沒聽說呢。怎麼突然這麼問？」

母親一臉訝異。女孩站在小山丘上，指向奎多蘭遼闊的平原地帶，答道：
「不信妳看——奎多蘭那邊有好多戰車開過來了呢。」

◆◇◆◇◆

一輝等人往路樹爾的大街直線走了十分鐘左右，眼前出現一片寬廣的空間。
夏日清澈的天空下，公園的草坪顯得特別翠綠。
中央聳立著莊嚴的石造圓形建築（Colosseo）。
那裡就是這次戰爭的會場——路樹爾國立競技場。
一星期後，一輝等法米利昂代表就要在這個地方，與約翰率領的奎多蘭代表隊交手。
公園四處率先搭起攤位，並擠滿迫不及待的人群，非常熱鬧。
一輝等人加入開朗的民眾之中，逛著攤位準備填飽肚子。
「哇啊，一輝你看你看！這鬆餅上滿滿都是奶油跟草莓耶！」
「看起來簡直像蛋糕一樣，真特別啊。」
史黛菈開心地大喊。一輝順著她的視線看去。
店面擺著一排鬆餅，上頭擠上了螺旋狀的鮮奶油，裝飾的水果多到幾乎滿出來。一旁還有別的鬆餅淋上了巧克力醬或冰淇淋，散發異樣的存在感。日本攤販的鬆餅相較之下就顯得樸素許多。

這根本就是蛋糕了。

那些鬆餅從外表看來口味就很重，不愛甜食的人光看就覺得飽了。

「大叔！這個給我一個！」熱愛甜點的史黛菈立刻點餐付錢，當場大咬一口，接著高興地讚嘆。

「啊——唔……～～～草莓酸酸甜甜的，好好吃————！」

「哈哈哈！法米利昂的巨龍公主吃得這麼津津有味，看著連我都覺得高興了。來，附贈一份巧克力鬆餅！」

「可以嗎!?謝謝你，大叔！」

露娜艾絲一旁看著史黛菈與攤販老闆的對話，不禁嘆了口氣。

「她來這裡之前已經吃了三根法蘭克香腸、四份法式吐司，還要吃啊……一輝，你趕快結婚，把那隻帶回日本去。再這樣下去，我可能要特地編列補充預算案來彌補那隻的餐費。」

露娜艾絲的諷刺聽起來像是單純的玩笑，又像是認真的。一輝身為當事人只能苦笑，約翰做為旁觀者，笑得非常愉快。

「啊哈哈，史黛菈從以前就是大胃王呢。」

「凡事總要有限度吧。真是的，她的胃裡該不會裝了黑洞吧。」

「不過看她那麼享受，我也覺得很開心。一輝，你也可以吃些喜歡的東西，這裡就由我作東。」

「欸?這不太好吧。」

「是我勉強你們來這裡,至少讓我請一餐,不然我身為王子的顏面可掛不住呢。」

約翰直白地聳了聳肩。

他應該是聽進露娜艾絲的抱怨,以行動實踐。

約翰的態度變得如此隨興,也算是幫一輝一個忙,讓他比較好交談。

「那我就不客氣……」

一輝感激約翰的顧慮,也望向攤販。就在此時——

「欸~那邊那個人該不會是約翰吧?」

一行人聽見了女性的聲音。

是誰呢?一輝疑惑地望向聲音來源,另一頭站著四名男女。

「他現在應該是執勤時間,在這裡幹麼呀?在偷懶嗎?」

「哪有可能,他又不是蜜拉或路克。」

「對呀,約翰才不會偷懶呢。」

「可是你看,他還帶著女人。到底是……欸、我還以為是誰,原來是露娜小姐啊!」

「啊、真的!那另外一個紅頭髮的女孩子就是史黛菈囉!?」

四人親切地上前搭話,史黛菈也發現了四人。

「路克、蜜拉！還有里德跟艾娜莉絲！好久不見！」

她笑容滿面地回答。

史黛菈等人看來相當熟識這四個人。

「怎麼了怎麼了？妳們為什麼會在這裡？戰爭還有一個星期才開打呀？」

其中一名短髮女子問道。約翰回答：

「是我請他們來的……我之前也跟你們說過吧。〈聯盟〉傳來通知，警告我們這附近潛伏著罪犯。戰爭開始之後，兩國國民也會開始頻繁往來，所以我認為有必要事前討論警衛工作方面的合作。」

「我們還不知道對方是懷著什麼目的潛伏在這一帶、甚至可能根本沒有目的。但他隸屬於震驚世界的〈解放軍〉，還是幹部級人物，的確需要多加戒備。」

約翰點頭同意露娜艾絲的補充。

「而且那名武士也從日本大老遠來到這裡。他只擁有F級的魔力，卻有辦法擊敗〈紅蓮皇女〉，我當然等不及想向他討教一番呢。」

一輝從剛才開始就被冷落在一旁，此時約翰將話題帶到一輝身上。

「一輝，讓我介紹一下，他們和我一樣，都是奎多蘭的代表騎士。」

（果然……）

一輝站在一旁，從史黛菈等人的反應就猜出他們的身分。

「一輝？欸、這個男孩就是這次客座參戰的超強幫手嗎!?」

不過這四個人似乎根本沒注意到一輝。

一輝望著短髮女子等四人——

「我是日本來的學生騎士，名叫黑鐵一輝。這次將做為法米利昂代表參加戰爭，還請各位多多指教。」

他低頭行禮。四人見狀——

「哎呀哎呀，真有禮貌呢。我是蜜拉，你好呀～」

「我是里德，這邊這位是我的妻子艾娜莉絲。我看過你們的比賽了。我還是第一次看比賽看到這麼激動，太精采了。」

「嗯，真的很精采。」

他們也各自做了自我介紹。

但其中一人，頭髮豎起的矮小男人不客氣地觀察一輝，彷彿在鑑定什麼。

「不過……你看起來倒是沒電視上那麼強啊。感覺揍一拳就倒了。」

他的語氣十分無禮。

史黛菈則是挑釁般地揚起唇角——

「路克，你只靠外表斷定一輝的實力，肯定會吃大虧的。連我都曾經吃過虧呢，我這麼說準沒錯。」

她的語氣莫名自豪。

名為路克的矮小男人聽見史黛菈反駁，咯咯大笑——

「〈紅蓮皇女〉親自背書啊，這下有趣了——我叫做路克，我已經聽說你的麻煩事了。你好像要贏過我們才能跟史黛菈結婚，是吧？真是的，都已經二十一世紀了還搞這種部落陋習，我聽到的時候笑得挺開心的……不過，抱歉啦，我們好歹背著一國的顏面，不管你的劍術有多高超，我們都不可能輸給一介學生。你最好先想想別的方法說服席琉斯王（那個大叔）吧。」

他這麼挑釁一輝。

看來在這四個人之中，就屬他最血氣方剛。

他身上散發出十足的壓迫感，只是與他對峙就感覺全身寒毛直豎。

這代表路克的恐嚇並非空口無憑，而是有相應的實力。

普通騎士恐怕會被他嚇得渾身動彈不得。

而路克當然是故意威嚇對方。眼前這個不知好歹的傢伙竟然因為私事強行加入戰爭，所以他打算先下手擊潰他的膽子，也就是進行心理戰術。

不過——

「不、這可辦不到呢。」

〈落第騎士〉黑鐵一輝並非普通騎士。

他的語氣有如利刃——

「我對她和她的家人發過誓，絕對會通過他們提出的所有考驗，所以我不能輸。你們背負的榮譽確實是一份重擔，但我同樣也肩負一份責任，無法相讓。」

自己對這場戰鬥的決心與覺悟。

他強硬地反駁路克，表示這一切絕不輸給對方。

「——哦？」

路克瞪圓了雙眼，佩服一輝的膽識。

「呵呵，路克，你搞這些無聊的心理戰術，只是徒勞無功罷了。這個男人外表看似溫和，內心卻有如鋼鐵般強韌。論頑固，他甚至遠遠超過父王呢。單靠幾句威嚇可唬不了他。」

「……似乎是呀。同樣外表溫馴，他跟那邊那個王子完全不一樣咧。」

「啊哈哈！對呀，別人說兩句就能把約翰耍得團團轉。」

「唔……」

「好啊，一輝，我挺欣賞你的。我不會假惺惺說什麼來場好比賽，就讓我拿出全力打敗你。」

「正合我意。」

兩人再次以決心問候彼此。而兩國代表意外在比賽前碰頭，周遭的民眾早就豎起耳朵偷聽已久，這下人們更是興奮不已。

『嗚呼——！好樣的，日本的小哥！好膽量！』

『奎多蘭和法米利昂都加油！我會支持你們的！』

『好啊！約翰王子！你們似乎還有要事，但難得兩國代表都聚集在這裡，何不先來慶祝慶祝！反正這裡最不缺食物、酒水啊！』

『喔喔、好主意！大家想吃什麼隨便拿！』

「……欸、可是這……」

約翰心想等一下還有重要的會議，正想婉拒——

露娜艾絲卻制止了他。

她搶在約翰之前開口——

「謝謝你們，我代表法米利昂感謝各位的熱情。」

「露娜艾絲小姐……」

「有何不可？戰爭之前還有一個星期空檔，警衛工作也不是真的慢不得一分一秒。機會難得，別浪費大家的好意。」

「既然露娜艾絲小姐都這麼說……我明白了。」

「不愧是露娜艾絲殿下！真是明事理呀～」

於是廣場開始準備即興宴會。

經營攤販的人們不斷端上餐點、演奏音樂，盡情慶祝今天的相遇。

他們或許只是找個藉口熱鬧一番。但他們若不是對史黛菈等人抱持好感，絕不可能提議開宴會。

（真不錯……）

一輝望著這片溫馨的景象，綻開笑顏。

「一輝，怎麼一臉開心呀？」

「啊、不……我事前雖然聽露娜艾絲殿下提過，但實際看到還是覺得很訝異。兩國人民在敵對幾百年之後，居然能變得如此友好。」

領土糾紛，歷史爭議。

世界上除了法米利昂與奎多蘭，還有很多國家懷抱相同的問題。

一輝不怎麼關注政治，但每天還是能從新聞報導略知一二。日本抱持著同樣的爭端，費盡心思處理這些問題。

而且日本處理得並不順利。

所以一輝更是感慨，法米利昂和奎多蘭的關係太稀奇、太珍貴，實在是難能可貴。

不過，史黛菈疑惑地歪了歪頭：「會嗎？」

「我倒不覺得這有什麼特別。」

「是嗎？」

史黛菈理所當然地用力點頭。

「因為比起所有人互相仇恨，當然是一起開懷大笑更開心呀。」

她望著準備宴會的人們，悄聲說道：

「不管哪個時代，都只是少數自私的人擅自掀起那些戰爭。大部分人都嚮往和平，這些自私自利的少數人卻擅自踐踏其他人善良的心靈。我絕對……不允許這種事，所以我才成為騎士。」

弱小的國家需要強悍的騎士。

為了不讓祖國遭到大國欺壓。

為了從所有的惡意之中，守護國家的人民。

史黛菈說著，視線凝望遠方。

她或許在看著許久以前，那個同樣看著這片景象的自己——

「原來如此，史黛菈並不只是想守護法米利昂呀。」

「對呀。」

史黛菈點點頭，張開雙臂。

就像是在緊抱眼前所見的一切。

她大聲地說道——

「我喜歡現在的法米利昂！

喜歡奎多蘭！

喜歡所有生活在這塊土地上，那些溫柔的人們！

所以……我要變得比任何壞人都強大，然後從他們手中保護所有人！

不管是那個惡夢一樣的未來！還是躲在附近的罪犯！

管他是〈傀儡王〉還是〈鬼魅王〉，不論他打著什麼主意，只要我還待在這裡，

我絕對不會讓他傷害任何一個人民！」

© Won

「抱歉，妳辦不到的。」

# 第八章

# 名為「法米利昂」的國家

「────」

聲音，一句譏笑從背脊撫上後頸。

史黛菈猛地回過頭。

她看見了。

空無一物的半空中垂下絲線，一名少年倒掛在絲線上，臉上浮現淡淡笑意。

死神微微瞇起那對異色雙瞳。

緊接著，在那凍結的轉瞬之間──

「〈殺人戲曲〉。」

死神「啪」地打了響指。

史黛菈在那剎那間，確實感受到——

那是一股冰冷的直覺，某種肉眼無法察覺的細物即將撕裂全身。

史黛菈身為武人，她知道這是什麼。

那感覺正是斬擊。

敵人施放了斬擊。

而且不只一擊。

掛在空中的少年施放出網狀斬擊，網眼數以萬計，每一斬都細得能將人身切成肉片。斬擊成放射狀逐漸擴散出去，其範圍之廣，足以吞噬自己、身後的露娜艾絲、奎多蘭的眾多國民，將所有人碎屍萬段——

（——————！）

要快點阻止他。

不阻止他，大家會死掉。

史黛菈心急如焚，身體卻動彈不得。

史黛菈現在的思考速度就如同走馬燈，她當然動不了。

她面對無法避免的死亡，專注力早已超越極限，無限延長意識。

史黛菈的肉體跟不上聚焦於死亡的注意力。

完美的偷襲，她無力應變。誰都無法阻止這齣悲劇。

無計可施。

是的。

唯有行、住、坐、臥，無時無刻不忘戰鬥，甚至能自由掌控生死一瞬間的專注力——

唯有黑鐵一輝一人能做到……！

是一輝。

下一秒，停滯的俄頃之間，一股力量衝擊史黛菈的身軀。

怒聲咆哮。

「〈一刀羅剎〉——!!」

身覆蒼輝的一輝撞開史黛菈，衝向迎面而來的斬擊之網——

「喔喔喔喔喔喔喔喔喔喔喔喔——!!」

他聲嘶力竭，將全身力量付諸〈陰鐵〉，揮刀斬去。

由下垂直向上一斬。

這一刀所到之處噴散無數火花，同時將數千斬擊一一擊飛至空中。

一輝瞬時之間出手，使得廣場上高大的路燈與路樹碎成碎塊，空中的鴿子變成肉片掉落。不過——在場的人們奇蹟似地毫髮無傷。

少年見狀——

「啊哈　啊哈　啊哈！原來呀原來，這真厲害。你特地衝向〈殺人戲曲〉前方，在絲線擴散之前化解攻擊！看這瞬間判斷力、反應能力，難怪〈比翼〉會對你另眼相看呀，黑鐵同學。」

他拍手讚嘆一輝的實力──輕聲譏笑：

「不過咧，代價大了點就是。」

「哈啊、哈──唔……！」

歐爾．格爾的嘲諷一落，一輝全身同時血花迸發。

沒錯，一輝的確在霎時間化解少年的偷襲，保護了在場所有人。

他獨自一人守護了其他民眾。

但是──也僅只於此。他顧不上自己的安危。

〈一刀羅剎〉非比尋常的損耗，再加上全身撕裂傷，一輝不支倒地。

史黛菈見狀──

「啊──────」

她的視野頓時火花炸裂──

「啊啊啊啊啊啊啊啊啊──────!!!!」

凍結的時間隨之融解，她顯現出熾烈燃燒的〈妃龍罪劍(Lævateinn)〉。

她邁步奔馳，意圖以體內即將噴湧而出的怒流攻擊那名倒吊的少年。

不過——

「啊哈　史黛菈還是一樣禁不起激呢。**難得又見面了**，至少讓我做個真正的自我介紹嘛。」

倒吊的少年不見焦急，緩緩舉起右手，微微彎曲五指。下一秒——

「史黛菈！危險——!!!」

「——!?」

露娜艾絲幾近哀號的警告敲響耳膜。

同一時間，一旁散發出金色光輝。

她心裡一個不妙，回頭看去——

「蹄轢王道（Circus Maximus）！」

約翰・克里斯多夫・馮・柯布蘭德坐在金色戰馬上，將自身的靈裝——騎兵槍〈黃金戰車（Chariot）〉刺向史黛菈。

「——！」

史黛菈的身體猛然一扭，以劍接下騎兵槍，但雙腳卻不夠沉穩。

史黛菈腳步一浮，整個身體被彈飛，倒向一旁。

約翰立刻跳下戰馬，迅速扣住史黛菈的手臂關節，制伏了她。

「啊哈　史黛菈，妳冷靜一點嘛。不用擔心，妳的男朋友才不會這麼點傷就死翹翹呢……真讓他死掉，也很無聊呢。」

「唔！約、約翰哥!?為什麼……！」

約翰的舉動令史黛菈震驚不已，她立刻高聲抗拒，不過──

「對不起對不起對不起對不起對不起對不起對不起對不起對不起對不起對不……」

「約、約翰、哥……？」

她見到約翰的神情，頓時語塞。

他雙眼無光，乾涸的雙唇念念有詞，似乎在對著某人道歉。

這名年紀稍長的好友平時雖然過於溫和，卻十分善良、開朗。如今的他……卻變得陰鬱又沉悶，史黛菈熟悉的模樣早已消失無蹤。

然而，出現異狀的不只約翰一個人。

「史黛菈……！各位！現在立刻逃離廣場！」

一輝倒地，史黛菈遭伏，露娜艾絲眼見場面岌岌可危，立刻大聲勸離周遭民眾。但是──

『逃走？為什麼？』

『為美好的邂逅乾杯！』

『唱歌吧！跳舞吧！要活潑地（Merrily）、開心地（Merrily）、快活地（Merrily）！』

奎多蘭的人們——並未逃走。
沒有人逃竄，甚至開始載歌載舞。
淋滿鴿血的臉上，掛著愉悅無比的笑容。
「這、這……」
「啊哈　沒用啦。這裡已經變成我的玩具箱了。」
玩具箱。露娜艾絲聽見這個詞，猛然驚覺。
「隨心所欲操縱人類的能力……！原來如此，你就是聯盟報告裡提到的罪犯，〈傀儡王〉歐爾．格爾！」
「完全正確！」少年答道，並輕巧地翻身落地。
他虛心假意地彎腰行禮，主動報上名號：
「如您所知，我就是歐爾．格爾。非常感謝您今天應邀而來，露娜艾絲殿下。」
「……也就是說，今天的邀約本身就是你設下的圈套……不過我實在不明白，驚擾世界的犯罪結社——〈解放軍〉的幹部之一跑來這種邊境小國，究竟有何貴幹！」
歐爾．格爾聽完露娜艾絲的質問，疑惑地睜圓了大眼：
「〈解放軍〉？那裡我已經待膩了，所以早就擺脫那個組織啦。」
「什麼……!?」
「我現在並不是為了〈解放軍〉行動，我啊……只是想來跟史黛菈玩一玩而已。」
歐爾．格爾看向史黛菈。

「初次見面……啊、不用說這句呢。我之前透過機關人偶跟妳見過一面嘛。」

「你是那個時候的……！」

她曾經擊敗這股令人作嘔的邪惡。

現在他親自出現在眼前，史黛菈展現強烈的厭惡——

「你說想跟我玩一玩!?你厚著臉皮說什麼鬼話！你對這個國家的人、對約翰哥做了什麼!?」

她的雙眸燃起熊熊怒火，凶狠地瞪向〈傀儡王〉歐爾・格爾，高聲怒吼。

而歐爾・格爾——頓時雙眼發亮，開心不已，像是早就在等她問這個問題。

「啊哈　我運用我的能力把他們變成人偶，讓他們只能按照我的命令行動。史黛菈知道我能用絲線操縱別人嘛，我就是用那種能力。然後我就請王子殿下幫忙我打掃……像是殺了這個國家的國王，或是殺光國內強大的騎士，他幫我做了不少事呢。」

他說完，指著露娜艾絲身旁。

史黛菈順著他的指尖看向露娜艾絲。

約翰以外的四名代表騎士——路克一行人面無表情地佇立在那裡。

下一秒，四人彷彿斷了線的人偶，應聲倒地。

手腳全都扭向不可能的方向。

最後，每個人的眼睛、耳朵及鼻孔接連溢出漆黑的血液。

「～～～～！」

史黛菈與露娜艾絲見狀，頓時明白。

路克等人……早在與他們見面之前，就已經變成四具屍體。

「啊哈　啊哈！王子殿下一開始還半瘋狂地哭喊『不要』、『求你住手』，拚命抵抗，但我的絲線一旦纏上人的神經，不論對方如何掙扎都甩不掉啦。現在他已經變得很安分，只會碎碎念而已。他不會是壞掉了吧？啊哈。」

惡魔毫無保留地公開自己的惡行。

約翰只能為種種身不由己的殺孽，不斷賠罪。

當史黛菈得知約翰的遭遇，那一瞬間——

「我一定要殺了你——!!!」

「!?」

露娜艾絲搶先史黛菈說出她想說的話，拔出護身短劍衝向歐爾・格爾。

但是——

「露娜姊！不行啊！」

露娜艾絲根本不是伐刀者，她的舉動太過魯莽。

史黛菈見一向冷靜的大姊忽然莽撞行事，瞬間冷靜並大聲警告。但是——

「啊——!?」

還是遲了一步。

露娜艾絲抵達歐爾・格爾身邊之前，無形的絲線先一步纏住她的身軀。

歐爾・格爾滿意地望著掛在蜘蛛絲上的獵物。

「啊哈　妳的反應真有趣。該不會是**兩情相悅**吧？」

「～～～！」

「好耶，那我就來當你們的邱比特好了！不過呢，我今天是來跟史黛菈玩的……之後再好好享受，現在就請妳乖乖待在那裡吧。」

歐爾・格爾說完，露娜艾絲的身軀緩緩飄離地面。

「咕、唔……！」

露娜艾絲浮在半空中，手指搔抓著頸部，苦苦呻吟。

無形的絲線揪住她的脖子。

史黛菈見狀——

「快、快住手！你很恨我吧！露娜姊和其他人跟這件事無關！你要找我洩憤就儘管來！」

她急忙衝著歐爾・格爾大喊。

歐爾・格爾吃驚地看向史黛菈：

「咦？恨妳？我很恨史黛菈嗎？妳怎麼會這麼想？」

「你問怎麼會、當時是我打敗你的……你不是記恨這件事嗎!?所以你才來找我復仇吧!?」

自己和歐爾・格爾之間的恩怨，只可能源自於〈七星劍武祭〉裡的那場比賽。所以他才來報復自己吧？史黛菈問道。不過——

「才不是呢！」歐爾・格爾比手畫腳，誇張地否認。

「我當時可是深深愛上史黛菈的溫柔與高貴呢！覺得妳實在美極了！除了史黛菈，只有我的姊姊能讓我有這種心情。我怎麼會討厭妳呢！」

「那你為什麼做得出這種事……！」

她無法理解。

歐爾・格爾毫不遲疑地回答史黛菈：

「為什麼——因為這麼做很開心呀。」

「……嗄？」

「史黛菈剛才也說過，大家都很愛好和平，一起開懷大笑絕對比互相仇恨要好得多。可是我不一樣呢。我最喜歡看人們痛苦、受傷的樣子。」

「——————！」

「人即將死去時，痛苦的表情裡會充滿遺憾與後悔，看了胸口會緊緊揪在一起；一想到對方留下的家人會有多悲傷，我就會感同身受地難過；還有人是被我操縱，強迫他殺掉心愛的人，他內心的慟哭、情感崩解的震動會沿著絲線傳達給我……實在是難以言喻呢。好痛苦、好悲傷、好難過……所以才會開心得不得了。假如是喜歡的女孩一定會更開心！

所以我絕對不是憎恨史黛菈，事實完全相反呢。

啊啊……好期待呀。

史黛菈到底能撐多久呢……

妳親手殺了爸爸、媽媽之後還撐得下去嗎？

殺掉姊姊之後呢？

讓妳盡情虐殺一輝的話，妳還能維持自己的尊嚴嗎？

還是會哭著道歉，像母狗一樣獻媚，拚命求我住手呢？

啊哈……我光是想到史黛菈悽慘的模樣，就忍不住興奮了呢……」

歐爾・格爾興奮粗喘，火熱的視線直盯著史黛菈。

史黛菈將所有的憎惡與厭惡一口氣傾吐出來：

「很好……我知道了，我已經徹底明白你的想法！你就只是一個無藥可救的瘋子！」

歐爾・格爾卻不太在意，反而更加喜悅地嗤笑。

「啊哈　我不否認呀。我的確是壞掉了，但壞掉的我終究是一個人類，是誕生在世上的唯一一條寶貴生命。要我為了旁人度過無趣乏味的人生，這不是很過分嗎？我只能靠著傷害別人取樂，可是我也有幸福的權利吧？所以呀，我要為了我的幸福——

把史黛菈珍惜的『國家』毀得一乾二淨……！」

他說出這句不祥的話語。

「你、你那是、什麼意思！」

「啊哈　啊哈，就是字面上的意思呀。其實早就開始了呢。當史黛菈待在這裡，說著想要保護生活在這塊土地的所有人，就在同一時間！**我操縱的奎多蘭軍早就開始大肆進攻法米利昂了！**」

「你、說……什麼!?」

「法米利昂人看到值得信賴的鄰國人突然將槍口指向自己，一定會嚇一跳呢。他們先是驚嚇、然後逃竄，最後總有一天會展開反擊。他們會說：我們那麼相信你們、竟然、竟敢辜負我們！之後他們會開始互相殘殺，不可能再恢復原狀了……！」

這一刻，史黛菈腦內浮現了那副景象。

自己想守護、該守護的那些人們，彼此刀劍相向，自相殘殺。

這股絕望足以媲美月影展示的那場惡夢——

「你少在那裡胡說八道啊啊啊啊啊啊——————!!!!」

史黛菈全身噴發火焰。

她施展賦予自身巨龍臂力的伐刀絕技——〈龍神附身(Dragon Spirit)〉。

約翰早已化作歐爾・格爾的傀儡，仍然制住史黛菈。她立刻以神話世界中無與倫比的怪力，強行扯開約翰——

「我才不會讓你如願！我現在就在這裡扯斷你的脖子！順便毀掉那莫名其妙的計畫!!」

她飛也似地奔馳，撲向意圖危害珍愛之人的仇敵。

歐爾・格爾的右手舉向史黛菈，打算以蜘蛛絲纏住她——

但是——

「啊啊啊啊啊啊啊啊!!!!」

無論他纏上多少絲線，史黛菈全都視若無睹，直接撕開、繼續前進。

她的衝刺速度絲毫不減，直線縮減距離，瞬間逼近歐爾・格爾。

她將纏繞火焰的〈妃龍罪劍〉全力向下劈砍。

這一劈帶著十足殺意，毫不留情。

她並未特意瞄準哪個部位。

不需要瞄準，巨龍的臂力只消輕輕擦過，便足夠斬碎人的性命。

歐爾・格爾見狀——

「啊哈　好厲害呀。我的絲線根本擋不住，這樣會死掉的。該怎麼辦呢？啊、這樣吧！」

他愉快地扭曲雙脣，說道：

「就讓妳最珍惜的人來保護我好了。」

下一秒，一道陰影介入史黛菈與歐爾・格爾之間。

「一輝!?」

沒錯，一輝因為〈一刀羅剎〉的消磨與重傷昏迷不醒。歐爾・格爾順手操縱一輝，把他當成肉盾。

一輝獨自承受歐爾・格爾的偷襲，早已耗盡體力，無力抵抗歐爾・格爾的支配。

歐爾・格爾殘忍地將一輝拋向史黛菈的斬擊前方。

史黛菈雖然打算停下攻擊——

（不行、停不下來……！）

史黛菈扯碎自身的肌肉，利刃依舊繼續前進。

巨龍怪力施展的一斬早已達到最高速。

這股速度、這份力量，史黛菈無法以自身意志遏止——

「不要啊啊啊啊啊啊啊啊啊啊啊啊啊!!!」

巨龍的一擊直接砸向一輝毫無防備的肩頭。

衝擊一時之間劇烈震盪整座廣場，無可比擬的臂力砸碎一輝腳下的石磚。

周遭的草坪連根拔起。

重擊甚至砸沉了地基。

一輝直接承受攻擊，自然撐不過半刻。

——原本應該是如此。

「咦……？」

一輝仍然站在原地。

〈妃龍罪劍〉甚至沒有劃傷他的皮膚。

原因就在於——一套漆黑鎧甲包覆一輝的全身，保護了他。

史黛菈記得這套鎧甲。

「這套鎧甲、該不會是……！」

「〈無敵甲冑(Orichalcos)〉——!?」

歐爾・格爾訝異地低喃其名，緊接著——

一道潔白身影宛如疾風，從周遭人群衝向歐爾・格爾——

——與鎧甲同色的漆黑斧槍（Halberd）一劈而下。

「唔！」

歐爾・格爾隨即向後退，意圖逃過偷襲，卻遲了一秒。

斧槍巨大的刀刃當場砍下歐爾・格爾的右手前臂。

血沫繪出了大弧。

右臂落下。

昏厥的一輝與露娜艾絲身上的束縛同時解除，兩人不支倒地。

隨後——

「……我嚇了一跳呢。沒想到妳早就來到這個國家了。」

女子守在一輝等人前方。失去右手的歐爾・格爾看向女子，望著那雙與自己一樣的藍紅異色眼眸，語氣親暱地說道：

「好久不見了呢——艾莉絲姊姊。」

◆◇◆◇◆

「這套鎧甲、還有斧頭……妳、難不成是那時的〈黑騎士〉……!?」

這名突然插手的白髮女子。

史黛菈見到她手上的裝備，開口詢問，但是——

「……」

女子並未多言，她僅僅點了點頭，眼神仍緊盯〈傀儡王〉歐爾・格爾。

另一方面，歐爾・格爾卻是——

「我想說〈同盟〉或〈聯盟〉可能派人來攪局，已經利用國民布下眼線戒備，結果根本沒發現呢。姊姊果然很厲害呀。」

他讚賞女子——〈黑騎士〉艾莉絲・阿斯卡里德。

阿斯卡里德聞言，仍然面不改色——

「……沒什麼。純粹仰賴魔力的伐刀者不過是有眼無珠，要瞞過你的眼睛輕而易舉。」

她的語氣毫無人味，如同機器般冷漠。她在回答的同時抹去斧頭上的血跡。

歐爾・格爾見她如此冷淡，聳了聳肩：

「是沒錯啦，我根本不懂武術（那方面），姊姊想偷襲的話我可擋不住呢。不過——姊姊出現在我面前了。」

他輕蔑地勾起唇角，訕笑道：

「妳原本是想躲起來探查我的所在地，好給我來個迎頭痛擊吧。結果妳卻拋下偷襲的大好機會，跑來幫助史黛菈他們……姊姊還是一樣溫柔呢。」

「…………」

阿斯卡里德面對歐爾・格爾，仍舊沉默無語。

她不發一語。

不、是無法反駁。

歐爾・格爾的指謫的確正中紅心。

不會有人比阿斯卡里德更明白歐爾・格爾的恐怖。

與他正面衝突只會一個勁地占下風。

所以她潛藏在城市之中，四處探尋歐爾・格爾的藏身處。

為了確實殺死眼前的敵人。

現在的狀況已經違背阿斯卡里德原本的目的。

歐爾・格爾看透了這點——

「所以，溫柔的姊姊想怎麼解決這個難關呢？妳抱著三個大累贅，有可能戰勝我嗎？妳一旦跟我正面衝突，自己會變成什麼模樣……**妳應該再清楚不過吧？**」

瞬息之間，他拿出了真本事。

赤裸裸地展現自身的魂魄。

就在這一刻，整個景象有如開啟地獄之門。歐爾・格爾嬌小的身軀湧出黑霧狀魔力，其中蘊含著濃密的惡意與殺意，牢牢覆蓋整座廣場。

「反正這玩具早就壞過一次了，我會比較粗魯喔？姊姊那麼溫柔，應該不要緊吧？」

不過片晌，藍天化為黑夜，陽光盡失，空氣變得沉重如鉛。

這股魔力濃厚如血，緊緊貼著肌膚，黏性十足——

「啊——」

史黛菈見識到其龐大的存在感，一時語塞。

伐刀者的魔力多寡，與自身背負的命運成正比。

正因為她擁有這把命運化身的刀刃。

〈紅蓮皇女〉史黛菈．法米利昂無意間明白了。

眼前的敵人正是——

——有著人類模樣，屬於她自身的命運（死亡）。

月影日前提及的，存在於真理之外的異常。

〈魔人〉。

這個男孩擁有超乎常人的龐大魔力，她才能肯定男孩身分，而她同時也確定了。

她贏不了。

自己要是現在與他對峙，一定會死在這裡。

死亡預感是前所未有地濃烈，史黛菈甚至無法自由呼吸。

這股漆黑的魔力激流幾乎改寫整個世界，而在其中——

「————」

〈魔人〉阿斯卡里德凜然佇立，以行動回答歐爾‧格爾的挑釁。她從懷中取出一把小刀——

「——！」

小刀隱隱綻放白光，乍看之下外型又像「鑰匙」。

歐爾‧格爾一見到小刀，表情頓時一僵。

「我不喜歡這種玩法呢！」

歐爾‧格爾揮動殘存的左手，將絲線斬向阿斯卡里德一行人。

但是他慢了一步。

在絲線斬擊劃開阿斯卡里德的脖子之前——

「〈開門(Open gate)〉，往弗雷雅維格。」

阿斯卡里德頌唱咒文，使勁將小刀刺向腳邊。

小刀刺入地面，忽然釋放白色閃光，一口氣吞沒阿斯卡里德以及一輝一行人。

緊接著下一秒——

四人的身影消失無蹤，彷彿一開始就不在那個地方。

徒留無數潔白羽毛緩緩飛舞。

不留任何蹤跡。

歐爾・格爾見狀，百般無趣地咂舌。

「……呿、〈白翼宰相〉真討厭，光會掃我的興。」

他認得這股能力，知道是哪一名騎士會引發眼前的現象。

所以他很清楚。

那四個人早就不在奎多蘭國內。

「……弗雷雅維格好像是法米利昂的皇都吧。真是的，我難得把史黛菈請來，打算一起欣賞奎多蘭跟法米利昂漸漸毀壞的模樣，這下全泡湯了。」

歐爾・格爾撿起自己被砍下的手臂。

他直接將滴著血的手臂斷面接起——以絲線縫合皮膚、肌肉、骨頭，以及一切細胞。

他恢復右手的生理機能——

「算了，也罷。」

立刻取回那抹冷酷微笑。

他早已開啟爭端，無法停歇。

那怕奎多蘭軍只是遭人操縱，法米利昂終究得清理飛來的火苗。

讓她遠離戰場，在這裡無力地目睹自己應守護的一切漸漸逝去，確實是個好主意。但是讓她身處於點燃的戰火之中，看她努力拯救兩國國民，盡情做些無謂掙扎，最後好好欣賞她無法如願、痛苦絕望的神情，好像——

「也很開心呢　啊哈！」

◆◇◆◇◆

「……！」

劇烈白光刺得史黛菈緊閉雙眼。

當強光激流漸收，她睜開雙眼——

——史黛菈的眼前出現她熟悉的故鄉景色。

「這、這裡是……弗雷雅維格中央公園!?怎、怎麼會！」

方才她明明待在晴朗開闊的奎多蘭首都。

史黛菈、阿斯卡里德，以及昏倒的一輝與露娜艾絲，四個人一瞬間移動到法米利昂。但現在明明是正午，法米利昂的天空卻顯得十分陰暗。

史黛菈太過困惑，傻在原地。阿斯卡里德低聲說了一句：

「〈蒼天之門(Divine gate)〉。」

「！」

「國際魔法騎士聯盟次長——〈白翼宰相〉諾曼・克里德派我來這裡之前，我借用了數支做為逃脫手段，以防萬一。」

「諾曼・克里德……」

史黛菈是國際魔法騎士聯盟加盟國的王室成員。

她聽說過〈白鬍公〉的左右手——〈白翼宰相〉，依稀記得他的能力。

諾曼・克里德的靈裝——〈蒼天之門〉。

他擁有翱翔天際的羽翼，立於瞬間移動能力的顛峰。他的靈裝為七百七十七把細小的小刀，可在每一把靈裝之間來去自如，甚至能瞬間移動到地球的另一側。

這是世上獨一無二的能力。

阿斯卡里德所言屬實。

但是——

「看、看妳做了什麼好事！約翰哥他們還留在那裡啊！」

史黛菈在奎多蘭擁有太多好友，卻只有自己能逃走，她無法接受事實。

她怒目相視，對阿斯卡里德怒吼道：

「現在就把我送回路榭爾！我要去幫大家、幫幫約翰哥……！」

阿斯卡里德的反應卻是——

「不行。」

一口回絕，然後——

「為、為什麼不行……！」

「原因不需要我解釋。」

左右異色的雙瞳**俯視**著史黛菈的下半身。

史黛菈順著對方的視線才發現。

自己早已癱坐在地面。

「～～～～！」

史黛菈頓時紅著臉打算起身，雙腳卻不聽使喚，怎麼也爬不起來。

「妳擁有的命運十分龐大，但是……我的弟弟是跨足〈覺醒〉之境的〈魔人〉，他本身已經擺脫輪轉這個世界的命運……現在的妳贏不了他，只是去送死。妳能一眼明白這點，這就代表妳的強大，無須慚愧。」

「就算是這樣……唔！」

她就算打不贏，又怎麼能拋下好友逃跑？

史黛菈正要反駁，猛然驚覺。

「等等，妳剛剛說『妳弟弟』，那傢伙也叫妳……！」

他確實是──稱呼她為「姊姊」。

仔細一看阿斯卡里德的容貌、白中帶灰的白髮、紅藍雙色的眼瞳，兩人簡直是一個模子刻出來的。

冰冷的汗水頓時滑過史黛菈的背脊。

她該不會──心中的疑慮驅使她舉劍指向阿斯卡里德，大喊道：

「妳、該不會是……他的親人吧!?」

阿斯卡里德靜靜頷首──

「沒錯，那個是我的弟弟，而我是那個的姊姊……不過，我不是他的同夥。」

她澄清他們姊弟之間只剩下敵對關係。事實也如同阿斯卡里德所言，她要是敵視史黛菈等人，那就沒道理在那危急一瞬間插手救人。歐爾・格爾與阿斯卡里德對峙時，他的態度也能看出兩人互相敵對。但是──

「妳曾經莫名襲擊我們，我沒辦法相信妳……！」

沒錯。

即使這個女人不是站在歐爾・格爾那一方，也無法保證她會站在自己這邊。

再加上她以前曾經襲擊史黛菈與一輝，更是大幅降低她的可信度。

於是，史黛菈加緊提防眼前之人。然而阿斯卡里德面對史黛菈的敵視──

「我並不需要妳相信我。只是妳現在與其質問我，應該還有更重要的事要做。」

她只是淡淡告誡了史黛菈。

──就在這個時候。

尖銳的警報聲響徹皇都陰暗的天空──

『現在為各位發布緊急報導！

就、就在剛才，法米利昂政府宣布，奎多蘭正式對法米利昂宣戰……！現在發表宣戰內容！

「賣國賊克雷夫與汝等共謀，建立虛假的和平。吾以自身之劍擊潰了這一切。

滿載謊言的密約早已形同虛設，此等虛言無法阻礙奎多蘭宣揚正義。

這場即將開始的征戰，將成為奎多蘭取回尊嚴的正義之戰。

奎多蘭新任國王，約翰・克里斯多夫・馮・柯布蘭德！」

這份聲明與克雷夫王的遺體在不久前送達我國外交部，同一時間也證實，奎多蘭陸軍開始大規模侵犯我國領土！政府對此下達緊急狀態令，將派遣席格娜上將，率領皇國陸軍迎戰──』

「──怎麼、會變成這樣……！」

法米利昂國內設置的所有戶外廣播裝置傳達緊急廣播。

這代表一切局勢都按照歐爾・格爾那個惡魔設計的腳本進行之中。

「為什麼!?妳弟弟為什麼要做這種事!?」

史黛菈過於焦急，又震驚於不合理的局面，情急之下一把揪住自稱元凶親人的阿斯卡里德，高聲逼問。

阿斯卡里德沒有反抗，只以一言帶過原因。

「他說過了，『因為很開心』，這就是唯一的理由。我弟弟的所有舉動都不存在更多的動機，他非常喜歡他人痛苦、悲傷的模樣。對我弟弟來說，殺人、掀起戰爭就和你們看電影、吃大餐一樣，只是理所當然的娛樂。」

「怎麼、可能有這種……~~~……！」

怎麼可能存在這種人類。

史黛菈說不出口，因為她已經親眼目睹一切。

歐爾・格爾全身湧出濃濃的魔力黑霧，其中蘊含無限「殺意」。

偷襲購物中心的恐怖分子、倫理委員會的赤座，以及〈厄運〉紫乃宮天音。她至今為止面對過不少抱持「殺意」的敵人，〈傀儡王〉歐爾・格爾卻異於其間每一個人。

那些敵人都有屬於自己的動機，也有充分的理由對史黛菈等人抱以「殺意」。貪財、貪圖權勢、憎惡——史黛菈可以理解這些「基準」。

但是，歐爾・格爾卻不同。

那個男孩的「殺意」並不存在任何符合人性的動機。

他純粹是覺得愉快。

傷害他人的理由僅只於此。

就如同呼吸一般。

她第一次見到這種人——這股「殺意」根本沒有最低限度的目標，毫無軌跡，只是一味地散播，甚至從中能感覺到一絲純真。

「我弟弟是一個**小孩**，**一個力量異常龐大的小孩**。他不會思考，更沒有自我主張，是個只會追求快樂的愉快犯。他會相中妳，也不是真的有其理由，他單純是閒得發慌的時候找到一個有趣的玩具，隨手拿來取樂。他的動機不過如此。」

「唔……」

「無論我弟弟的動機多麼不值一提，他終究看上了妳……我弟弟會不擇手段，只為了讓妳痛苦、難過。這場戰爭只是其中一種手段。再繼續放任不管，那個惡意會恣意唆使奎多蘭和法米利昂的無辜人民，讓他們開始互相殘殺。」

絕不能容許這場悲劇發生，非阻止不可。既然如此——

「妳知道真相，只有妳能阻止這齣慘劇……」

沒錯，唯有自己辦得到。

現在並非奎多蘭主動發動侵略戰爭，而是一名罪犯無故挑起爭端。現在只有自己清楚真相，也只有自己能行動。

她必須將真相告知父王，迴避兩國的軍事衝突。

不然再這樣下去，雙方無論是殺人還是被殺，都將留下永遠無法抹滅的傷痛。

——而這一切，居然只是為了娛樂那名惡魔。

（豈能讓他得逞……！）

「！」

史黛菈放開阿斯卡里德的衣襟，立刻掏出自己的手機。

她嘗試聯絡父親——席琉斯王。

但是手機只是不斷重複撥號聲，甚至沒有響起回鈴音。

「打不通！怎麼會!?」

「原因可能是剛才的宣戰布告，電話線路亂成一團。」

阿斯卡里德說完，史黛菈一陣汗顏，心想她說得沒錯。

法米利昂與奎多蘭往來密切。

不少人從奎多蘭移居法米利昂，相反的狀況也不在少數。

眾多移民一口氣撥出電話，試圖聯繫家人、朋友確認安危，電話線路自然會擠得水洩不通。

現在不可能以電話聯絡。

那就只能直接前往皇宮。

政府已經下達緊急狀態令，席琉斯和阿斯特蕾亞應該留在皇宮坐鎮。

史黛菈想到這裡，正要奔向皇宮，猛然想起昏倒的一輝與露娜艾絲。

他們兩個也應該要盡快帶去醫院。

但是她應該優先處理哪一邊──

正當史黛菈遲疑不決──

「我會帶他們去醫院，所以妳──」

阿斯卡里德催促著史黛菈。

史黛菈能輕鬆搬著兩人移動，但是速度一定會比較慢。

雖然只是慢上些許，現在的狀況卻是慢上一秒都嫌浪費。

她不應該繞道，必須直接以最快速度前往皇宮。

怕是在她猶豫不決的這一刻，兩國軍隊可能已經展開戰鬥。

史黛菈很清楚，但她還是不知道該不該接受阿斯卡里德的提案。

她不清楚〈黑騎士〉阿斯卡里德的為人，是否可以相信她？

不過——

「拜託妳，我已經不想再看到……有人成為我弟弟惡意之下的犧牲品。」

阿斯卡里德再次重複請求。

那雙藍紅雙眸凝視著史黛菈，她確實從中感覺到對方的真心。

自己完全不了解阿斯卡里德。

但是她說那句話的時候，眼神透露著堅決——史黛菈認為這樣的她值得信任。

所以——

「我知道了，他們就拜託妳了！」

史黛菈將一輝和露娜艾絲交給阿斯卡里德，獨自邁步奔跑。

前往遠方隱隱若現的法米利昂皇宮。

◆◇◆◇◆

史黛菈的背影瞬間遠去。

阿斯卡里德目送她離去，接著——

「……果、然，當時在機場前面的那個人，就是您啊，阿斯卡里德小姐。」

原本昏厥的黑鐵一輝忽然對她說道。

阿斯卡里德的伐刀者能力為〈不屈〉。

她的靈裝〈無敵甲冑〉能夠持續、無限制地治癒裝備者的傷勢。

〈殺人戲曲〉當時在一輝身上留下無數傷口，所以阿斯卡里德以靈裝的能力治癒一輝，甚至幫他恢復體力。

他坐起身，脫下〈無敵甲冑〉的頭盔。

然後，他向她道謝：

「非常感謝您在危急之際救了我們一命。您要是沒出手……我們所有人……可能會當場喪命。」

所以——

「真的很謝謝……嗯？」

一輝說到一半，停了下來。

他由下往上看，阿斯卡里德的站姿似乎有些怪異。

她不知為何——一直凝視著史黛菈離去的方向，像是僵住了似的。

「阿斯卡里德小姐……？」

一輝開口詢問，就在這一瞬間——

「唔——……………咿、啊……」

阿斯卡里德突然雙膝著地，癱坐下來。
「您、您還好吧!?哪邊受了傷——」
一輝一驚，搖搖晃晃地奔向阿斯卡里德。
他的手搭上她顫抖的肩頭——
「——!」
這才察覺她的汗水異常冰冷，不禁打了個冷顫。
「……沒事，這不是受傷造成的。馬上就會好，別、擔心……」
阿斯卡里德回過頭，這麼說道。
她的神情鐵青，面無血色。
一輝一看就明白了。
她的確不是受傷。
阿斯卡里德是感受到無法抗拒的絕對恐懼，因而渾身戰慄。
這股恐懼恐怕是源自於她的死敵——歐爾·格爾……
「拜託你……千萬別跟任何人提起這件事。」
「但、但是……」
「沒、關係……這股顫抖、就是我的罪孽……代表我還沒忘記自己為何而生、為何而存活，所以沒問題的。」
阿斯卡里德抱住自己的雙肩，一再向一輝保證沒問題，又像是在說服自己，喃喃低語：

「我必須、達成這次任務，大家的遺恨、必須由我……」

「阿斯卡里德小姐……」

一輝看著阿斯卡里德，回想起他在意識朦朧之際，隱約聽見歐爾·格爾這麼說道：

——妳一旦跟我正面衝突，自己會變成什麼模樣，妳應該再清楚不過吧？

阿斯卡里德與歐爾·格爾。

這對姊弟之間究竟發生過什麼事，一輝無從得知。

但是眼前的事實是顯而易見。阿斯卡里德……她即使心中深深刻印著如此強烈的恐懼，她仍然現身與歐爾·格爾對峙，幫助了他們；而且直到剛才她都凜然地撐住自我，指引史黛菈應該採取的行動。

所以一輝決定——

「好的，我不會說出去的。」

他答道，不再繼續追問，輕撫阿斯卡里德蜷曲顫抖的背脊。

以便讓她稍微冷靜下來。

「……謝謝。」

阿斯卡里德臉色仍然發青，但還是回以淡淡的微笑，感謝一輝的體貼。

『喂、剛才的廣播是搞什麼啊！』

『在說奎多蘭的約翰王子跟我們宣戰吧。』

『為什麼!?約翰王子幹麼要對法米利昂發動戰爭啊!?』

『我哪可能知道！』

『總之皇都的官員要我們在家中靜待消息，大家快點回家去！』

鄰國突如其來的宣戰聲明，使得法米利昂皇都——弗雷雅維格陷入大混亂之中。

眾人來來去去，臉上盡是急躁與慌亂。

〈紅蓮皇女〉史黛菈・法米利昂就在亂哄哄的皇都天空中疾速奔馳。

她就如同不久前的一輝，在皇都的房屋屋頂之間來回跳躍，並且直線奔向城堡。

這麼做會比沿著道路行走更快抵達城堡。

史黛菈在半路上俯視著皇都的混亂，令她更加焦躁。

快點、得快一點——

約翰的宣戰聲明，只是一個邪惡的罪犯搞出來的鬧劇、奎多蘭的人們並不打算加害法米利昂。必須盡快告訴大家這些事。

但是——

「啊、這…………！」

史黛菈終於抵達城堡旁，她卻停下腳步。

城堡的大門這個時間總是開放的，現在卻關了起來。

往下一看，無數的士兵全副武裝，站在大門外。

現在的緊急狀況讓城堡戒備等級提升到最高階級。

史黛菈只要下去門前，讓士兵去通報，當然可以安然進到城內。

但是城堡外的警衛已經如此森嚴。

她究竟要在城內通過多少關卡，才能抵達席琉斯所在的皇宮？她根本難以想像，

這麼一來——

（現在沒時間悠哉慢吞吞地等檢查啦！）

史黛菈立刻放棄從大門回到皇宮。

她抬頭仰望。

向上看去，高聳的城牆內部可以看到皇宮的窗戶。

史黛菈見狀，腦內靈光一閃。

「可以、我一定辦得到……！」

以前的自己或許無計可施，**現在她已經得知自己真正的力量，既然如此——**

史黛菈低聲激勵自己，抱住自己的肩膀。

她雙手施力拉開背部，想像出某個畫面。

人類並不具備的器官。

但是自己身為「巨龍」，理應擁有這項器官。

「翅膀」的幻想。

「！」

下一秒，史黛菈感覺一陣劇痛擠開肩胛骨——

「啊啊啊啊————！」

她在背上顯現出一對火紅燃燒的火焰翅膀。

〈紅蓮皇女〉史黛菈．法米利昂引以為傲的能力——〈巨龍〉。

史黛菈以重現巨龍之力的能力取回自己應有的姿態。

這對火熱的翅膀正是史黛菈與生俱來的器官，她能感覺到，翅膀中流淌著自己滾燙的血液。

她可以操縱自如。

操縱方法不存放在腦海，而是刻印在細胞之中。

既然如此——

「飛、吧————!!!!」

史黛菈將屋頂當作跑道，縱身一跳。

重力頓時牽引史黛菈的身體，差點墜落，但那僅是短短一瞬間。

火焰翅膀一振翅，龍之力輕易甩開重力鎖鍊，帶著史黛菈的身體一舉飛向空中。她輕鬆飛越高大的城牆，直接飛向皇宮的窗戶——

撞破窗戶，衝進皇宮中。

「什、什麼聲音!?」

「是飛彈!?不、不對，有個人在那裡!?」

「敵人來襲！開槍！快開槍殺死他！」

玻璃破裂的聲響突然傳遍整座皇宮。眾多士兵立刻趕到，他們還沒確認是誰從窗戶闖進來，便舉槍打算扣下扳機。

本國莫名其妙與奎多蘭開戰，讓士兵們一時過於慌亂。

史黛菈對著士兵——

「給我冷靜——!!」

大喝一聲。

眾士兵這才鬆開扣緊扳機的手指。

他們終於察覺窗戶闖入的人是本國的公主。

「史、史黛菈殿下！」

「怎麼會！您不是不久前才出發前往奎多蘭……!?」

士兵們訝異不已，接著——

「什麼!?你們說史黛菈!?」

席琉斯推開士兵，快步奔上前。

他還以為心愛的女兒被孤立在奎多蘭國內。他一見到女兒平安無事——

「喔喔喔！史黛菈，妳沒事啊啊啊啊啊!!!！」

頓時老淚縱橫，高興地雙臂一張，打算衝上前緊擁史黛菈。

不過——

「嘿呀！」

史黛菈一個掌底反擊，擋下他再次相見的擁抱。

「噗、呼、為、為什麼……」

「抱歉，讓你操心了！可是我現在沒時間抱來抱去！」

沒錯，現在她沒時間與家人開心相聚。

她必須在法米利昂軍與奎多蘭軍正式衝突之前，通知他們奎多蘭軍並沒有敵意。史黛菈尋找實際統治法米利昂國政的母親．阿斯特蕾亞——

「史黛菈！」

「媽媽！」

她見到母親與國際魔法騎士聯盟．法米利昂分部長——丹尼爾．丹達利昂一起跑了過來。

「妳沒有被抓起來呢……啊啊、太好了。」

「對啊，聯盟派來的〈黑騎士〉救了我們，她用〈蒼天之門〉把我們帶回來了。」

「是嗎？那露娜跟一輝上哪去了呢？」

「他們也一起回到法米利昂了，不過他們都受了傷，我沒辦法把他們帶過來，就請〈黑騎士〉帶他們去醫院了。」

「妳、妳說受傷!?露、露娜她！露娜沒事嗎！」

「露娜姊只是昏倒而已，她沒事。一輝為了保護我們，傷勢很嚴重……但是他沒問題的。那種小傷殺不了他。」

那個男人可是曾經打破命運，戰勝自己。

「總而言之，幸好沒有任何皇族成為人質。既然〈黑騎士〉有所行動……看來這場動亂確實與總部通報的那名罪犯有關聯哪。」

史黛菈聽丹達利昂一問，用力點頭：

「父王、母后，聽我說！我要告訴你們一件很重要的事！」

◆◇◆◇◆

史黛菈抵達皇宮，成功與雙親相聚後，將自己在奎多蘭的所見所聞全都告訴他們。

〈傀儡王〉歐爾・格爾控制了奎多蘭的政府、軍隊以及全國國民。

那份宣戰聲明與侵略都是歐爾・格爾隨手犯下的惡行。

……現任國王克雷夫甚至死在他邪惡的手段之下。

當她解釋完一切真相——

「——！」

皇宮內突然間一陣巨響。

席琉斯打斷皇宮的一根石柱。

「混帳東西——!!!!」

「父王……」

席琉斯龐大的身軀冒出熱氣，周遭的景色隨之扭曲。

那名好友與自己攜手帶領兩國走向和解，現在卻慘死他人之手。這份怒火在他體內熊熊燃燒。

「史黛菈，謝謝妳……那邊也是一團糟呢。」

「〈傀儡王〉歐爾．格爾，聯盟很早以前就認為他的力量相當危險，沒想到他居然能夠掀起如此龐大的行動……〈解放軍〉究竟有什麼企圖？」

「他說他已經退出〈解放軍〉，不知道是真是假。不過……那個混蛋是真的打從內心享受他人的不幸，我可以保證。我是第一次見到這種惡意……居然有人會傷害所有伸手可及的任何事物。我覺得那傢伙真的只是想看我們痛苦，才引發這場戰爭。」

對那個惡徒來說，這一切不過是一場遊戲。

以他們的方式比喻，那些舉動就跟逛街、看電影沒兩樣，只是純粹的娛樂。

他就是用如此輕率的態度，企圖摧毀奎多蘭跟法米利昂。

豈有此理。

絕對不能放過他，所以──

「父王！母后！現在奎多蘭派來的軍隊都只是被人操控而已！我們只需要對付一個人就好！所以求求妳！現在立刻把這件事告訴前線的大家！不能跟奎多蘭軍作戰！他們只是被人控制，再這樣下去我們會親手傷害我們的好朋友！到時候不論哪一方都會留下無法撫平的傷口……！」

假如那名惡徒就是等著看這齣好戲，他們無論如何都該阻止這齣戲演下去。

史黛菈這麼向阿斯特蕾亞建議。

阿斯特蕾亞聽完，點了點頭：

「是呀，史黛菈說得沒錯。這未免太莫名其妙了。」

「對不對！那就──」

「不過，這件事絕不能傳到前線去。」

她此時的語氣不同於平時的溫軟，展露后妃的威儀，一口駁回史黛菈的諫言。

◆◇◆◇◆

「欸…………」

歐爾‧格爾親手策劃這齣惡魔般的慘劇。史黛菈原本以為母親會無條件接納自己的諫言，將其內容傳達至前線。她不懂阿斯特蕾亞為何拒絕她。

「為、為什麼!?為什麼不行!?大家只是被控制了啊!?」

史黛菈慌了手腳，卻不肯退讓。

阿斯特蕾亞神情哀傷地搖了搖頭，說道：

「……史黛菈，很遺憾，重點不在於他們有沒有敵意。」

「這、這是什麼意思!?」

「即便有任何原因，奎多蘭軍已經手持武器侵略法米利昂的領土，並將槍口指向我方。我們為了守護領土、讓居民安全避難，已經無法避免戰鬥。但在這種危急時刻……前線的士兵要是聽見奎多蘭軍只是遭人控制，妳覺得會演變成什麼狀況？」

「什麼狀況……啊……」

「他們一定會心生猶豫。士兵們眼看好友遭人控制，無言地向我方求助，一定難以扣下扳機。而這份猶豫……必定會帶給法米利昂軍隊龐大的損害。」

史黛菈聽完阿斯特蕾亞的解釋，這才察覺。

一切就如同母親所說。假如待在前線的席格娜他們聽見真相，一定不忍心對奎多蘭軍開槍。

然而奎多蘭軍絕不會手下留情。

兩軍在這種狀況下展開衝突，下場可想而知。

「我也很想幫助奎多蘭的人們，但是我們是法米利昂的皇室成員，我們有義務將法米利昂人民的性命擺在第一。所以……即使真相如此，只要這些情報會危害法米利昂國民的性命，都不能傳到前線。」

「可是！就、就算真的很危險，這麼、這麼殘忍的事怎麼能……！」

史黛菈試圖反駁阿斯特蕾亞……但是她卻不知從何辯駁。

別國國民的性命和我國國民的性命，兩者根本不能相提並論。

為了拯救別國國民而將我國國民暴露在危險之中，這種行為原本就違反皇族、違反國家的處事基準。不論史黛菈多麼不願捨棄奎多蘭，她都沒有足夠的理由反對阿斯特蕾亞。

但是，即便是如此——

（真的、沒辦法了嗎……！）

腦海中不斷浮現那些景象。

兒時在奎多蘭度過的種種回憶。

其實那些記憶沒有重大到讓史黛菈刻骨銘心。

奎多蘭也沒有多麼深重的恩情，值得史黛菈為他們賭命奮戰。

不過，她在路上與人擦身而過，人們會溫和地向她打招呼；在攤販買東西總是會多收到一顆糖……約翰、克雷夫王、路克他們，所有人都對兒時的自己十分溫柔。

小小的回憶堆積至今，才漸漸讓她有了念頭。

她希望保護自己周遭的世界，其中也包括奎多蘭。

她明明許下心願——卻必須為了國民捨棄奎多蘭，真的可以這麼做？

那些人失去自由，被迫走向戰場。他們現在可能拚命地發出無聲的求助，希望法米利昂能救救他們……！

「唔～～～～～……！」

史黛菈在理智與情感之間懊惱不已，無法動彈。

阿斯特蕾亞看著不停煩惱的史黛菈……為她的善良感到自豪。

但是人如果只有善良，那份善良可能會成為絆腳石，無法守護真正重要的事物。

政治人物有時必須拋開善良，貫徹理智去下決定。

更何況，史黛菈是法米利昂最強的戰力。

之後無論是與奎多蘭軍展開全面衝突，或是派出少數精銳部隊試圖討伐歐爾．格爾，史黛菈的力量都是不可或缺。

她繼續猶豫不決會帶來不少麻煩。

因此阿斯特蕾亞暗自決定。

她準備下達許可，允許對率先出發的法米利昂皇國陸軍先發制人，攻擊逐漸侵入領土的奎多蘭軍——以斬斷史黛菈的迷惘。

自己的女兒並不弱，一旦開戰她就會拋下無謂的徬徨。

既然如此，那就由自己下達殘忍的決定，這是大人應盡的職責。

阿斯特蕾亞心意已決，便望向皇宮房內設置的專用電話線路。此時她卻看見——

「喔喔，是席格娜啊！是孤！聽好了！奎多蘭軍只是遭到控制，他們被人強迫掀起戰爭！對方沒有任何敵意，我們絕不能主動進攻！」

她的丈夫——席琉斯正抓著電話，將自己打算隱瞞的真相全都一五一十轉告皇國陸軍上將席格娜。

「父、父王!?」

「席琉斯!?」

一旁的史黛菈與丹達利昂紛紛驚呼出聲。

席琉斯不顧周遭的反應——

「聽不懂什麼意思？就是字面上的意思。

史黛菈剛剛回到皇宮，告訴我們那邊的狀況。

之前聯盟提到的罪犯控制了奎多蘭全國，約翰那小鬼也遭殃了。所以說，這場戰爭根本是一場鬧劇！

席格娜！不需要陪那傢伙耍猴戲，豈能被他耍得團團轉！

不用搞什麼防衛戰，想要多少領地儘管送他！

你們只需要保護居民，帶著所有人溜進皇都！

記住了！誰也不准殺！誰也不准死！

那裡不存在任何我們該殺的敵人！這是國王御令！」

他鄭重命令指揮陸軍的席格娜，掛上話筒。

「爸爸……」

「孤再笨，也明白媽媽的做法比較正確。但是啊……孤不能接受！因為……現在的奎多蘭才真正需要我們的力量！假如我們在這種時候為了自保棄他們於不顧，我們**至今一起度過的時光就全都白費了！**」

奎多蘭與法米利昂彼此放下古老的仇恨，攜手合作，全是為了建立對等的友誼。

不只是皇族，國民們也一起努力到現在。

如果法米利昂現在雙手一攤，眼睜睜放著奎多蘭自生自滅——

「兩國就再也無法建立對等的情誼。我們會無法原諒自己。」

席琉斯這麼說，他打死也不想看到這種場面，所以——

「法米利昂會將情義擺在道理之前！

兩國國民攜手走過三十年！孤絕不會枉費任何一秒！

向全軍傳令！

**我們要幫助奎多蘭！**

我們要親手幹掉在奎多蘭搗亂的蠢蛋！

絕對要扯下那混帳的腦袋，拿去祭拜克雷夫在天之靈！」

席琉斯・法米利昂高聲疾呼，這就是法米利昂的正義。

這些束縛史黛菈的道理……席琉斯一腳踢開，直接做出她最想要的決定——

「父王——！！」

史黛菈撲到席琉斯懷中，緊緊抱住他。

「嗚喔！？怎、怎麼啦？史黛菈，突然抱這麼緊。」

「謝謝……！我能當父王的女兒，真的很幸運……！」

「喔、喔喔、妳、妳突然說得這麼直接，孤反而有點害羞啊。」

席琉斯嚴厲的表情頓時軟化，有些害臊地輕撫史黛菈的秀髮。

他問向心愛的女兒：

「……史黛菈，妳是我們法米利昂的劍。妳願意助我們一臂之力嗎？」

史黛菈早就決定好答案了。

「當然願意！我一定會為克雷夫王跟路克他們報仇！」

「……媽媽，對不起呀。孤實在沒辦法像媽媽一樣聰明。」

「沒關係……爸爸跑去奎多蘭大鬧的時候就是這樣嘛。不管我說再多次不行，爸爸還是不聽話。一個人擅自跑去亂來，回來的時候還傷得那麼重。我也差不多習慣了呢。」

「媽、媽媽果然還在生氣……」

「當然了。在那之後你的左眼幾乎看不見了，對不對？爸爸瞞不過我的。」

阿斯特蕾亞斜眼狠瞪席琉斯。

席琉斯一臉狼狽，不過下一秒……阿斯特蕾亞的表情立刻緩和下來——

「……不管我多生氣、多無奈、爸爸還是會堅持自己認為正確的事，坦蕩蕩地活著、老是勉強自己做傻事……最後還是會讓大家滿臉笑容。我從以前到現在，一直都最喜歡這樣的爸爸了♪」

「那、所以說……！」

「對♪我直到最後都會支持爸爸喔。」

阿斯特蕾亞柔和地微笑，接受席琉斯的決定。

阿斯特蕾亞很清楚，正因為席琉斯性格直率，才能成功化解法米利昂與奎多蘭的恩恩怨怨。

（這就是……法米利昂的血脈呢。）

阿斯特蕾亞望著這對父女，默默心想。他們不能、也不想選擇道理那一方。

阿斯特蕾亞嫁給席琉斯之前，曾在大學攻讀歷史。

所以她很了解。

——法米利昂這個國家並不是建立在道理之上。

一名貴族放棄自己的責任、捨棄侍奉的王，他拋棄所有自身應盡的「道理」，選擇向自己求助的柔弱百姓，為他們而戰，才誕生出這個國家。

因為他深知在這個世界上，有些事物比道理更重要。

那就是情義。情義，才是法米利昂的一切。

這對父女是以本能體會到這件事。

正因為以情義為重，這個國家才能成為一個國家。

（我其實有一點、真的只有一點點羨慕他們。）

自己出身外來血緣，無論如何都會優先考慮合理性。

不過……這樣的自己也有只有她能做的事。

就讓自己來彌補席琉斯缺少的「理性」。

阿斯特蕾亞心意已定，便對兩人說道：

「既然決定要幫助奎多蘭，就要提出具體做法呢。」

丹達利昂也頷首同意。

「化為傀儡的奎多蘭軍不會傻傻等著我方撤退。席格娜的軍隊還要協助居民避難，即便下令全軍全速撤離，速度仍然快不起來，敵人終究會追上軍隊。首先必須思考如何阻止奎多蘭軍前進，又不傷害士兵。〈傀儡王〉是一切的元凶，直接擊殺對方比較有效率，但是他遠在奎多蘭國內，兩國軍隊一定會先發生衝突。」

席琉斯聞言——

「孤有個主意，先用〈幻想型態〉大砍特砍如何？」

他說出自己的想法。

〈幻想型態〉對人體無害，或許能直接讓士兵失去行動能力，不傷及無辜。

丹達利昂卻面有難色：

「……這方法可能無效。〈幻想型態〉的殺傷力近似於強烈暗示，是藉由暗示奪走意識，所以不會傷害肉體。但是……按照史黛菈殿下的說法推測，敵人是將士兵變成活人偶。他們原本就不是靠自己的意志行動，攻擊他們的意識沒有任何意義。」

史黛菈在一旁聆聽，也贊同丹達利昂的見解。

她自己曾經以〈幻想型態〉阻止遭到操控的〈冰霜冷笑〉，但是當時是因為〈冰霜冷笑〉的操縱者——機關人偶就在旁邊。

〈幻想型態〉對物體有十足的破壞力，但是對人體無效。她當時活用〈幻想型態〉的特性摧毀機關人偶〈平賀玲泉〉，直接破壞操控者來解開〈冰霜冷笑〉身上的絲線。

結果〈平賀玲泉〉也只是〈傀儡王〉的中繼站（Hub）——

（——！等等、如果是中繼站……）

史黛菈靈機一動。

「這麼說來，我在日本的朋友曾經說過，『鋼線使者』從遠處操縱人偶時習慣設置中繼站。歐爾．格爾現在還待在奎多蘭，代表他這次也是利用中繼站操縱整個奎多蘭軍！那我們只要毀掉中繼站，是不是就能不傷害大家，直接讓大家脫離束縛！」
「沒錯。」
（咦……？）
這句贊同不是出自丹達利昂跟父親，也不是母親。
這是女人的聲音，聽起來起伏不大，有些低沉。史黛菈認得這道嗓音。
她訝異地回頭看去——
〈黑騎士〉艾莉絲·阿斯卡里德與黑鐵一輝就站在史黛菈身後。
「阿斯卡里德……！還有一輝！你的傷治好了嗎!?」
史黛菈立刻跑到一輝身邊，確認他的傷勢。
一輝點頭回答：
「嗯，多虧阿斯卡里德小姐的〈無敵甲冑〉。」
「啊、對喔……」
史黛菈一聽，這才想起來。阿斯卡里德襲擊兩人時，曾經展現〈無敵甲冑〉以及〈不屈〉帶來的無限再生能力。
她讓一輝穿上鎧甲，以這股力量治好他的傷口。
「那你真的已經沒事了吧！」
「嗯，抱歉，讓妳操心了。」
「欸噫！孤才不管你有沒有事！露娜呢!?露娜在哪裡！」

席琉斯一邊怒罵，一邊擋在一輝與史黛菈之間。

一輝將露娜艾絲的行蹤告訴席琉斯：

「我們已經帶露娜艾絲小姐去醫院了。她因為輕度缺氧性腦病變意識不清，但並未危及性命，我們抵達醫院的時候她就清醒了。不過她在昏迷狀態時摔落地面，扭傷右腳，現在留在醫院裡接受治療。」

「這、這樣啊……只有、扭傷啊，太好了……」

席琉斯安心過頭，當場癱坐在地。

阿斯特蕾亞在他身後也鬆了口氣，但隨即繃緊神情。

「〈黑騎士〉小姐，妳的那句『沒錯』是指史黛菈剛才提到的，『毀掉中繼站就能救出奎多蘭的人民』，是這個意思嗎？」

她將話題拉回現在應該討論的議題上，避免跑題。

阿斯卡里德點頭。

「……是，〈傀儡王〉透過增設中繼站模擬出關節，增加絲線的運作模式，以便操縱眾多的人類與物體。這次軍隊之中應該有數十人、甚至是數百人成為〈傀儡王〉的中繼站。只要抓住並封鎖中繼站的行動，中繼站旗下的士兵就能脫離〈傀儡王〉的支配。不過……」

「不、不過什麼呀？」席琉斯問道。

「看穿成為中繼站的人類，這件事本身相當困難。必須擁有異於常人的專注力、敏銳至極的觀察力，以及在眾多實戰經驗中磨練出來的直覺。現在這個國家裡只有我跟分部長（丹達利昂）……還有他，以上三名騎士辦得到。」

阿斯卡里德以視線指向一輝。不過——

「區區三人根本不足以應付。我在出手救助史黛菈公主一行人之前，已經先聯絡總部請求支援，但是援兵還要花上一段時間才會抵達，最好先別列入選項。」

奎多蘭派出的軍隊超過一萬人。

中繼站的數量也高達三位數。

三個人實在難以處理大量的中繼站。

因此——一輝打斷阿斯卡里德的說明。

「因此，岳父，我有一個想法想請您聽聽看。」

「——……」

# 第九章 卡爾迪亞城鎮戰

法米利昂陰暗的天空遠遠傳來雷聲。

山雨欲來的天色之下，有一座小城鎮，城鎮裡排滿一幢幢滿載異國風情的石造房屋。

這裡是卡爾迪亞市。

這座小城市位於奎多蘭國境與法米利昂皇都——弗雷雅維格的正中央，曾經是兩國的交通樞紐，做為旅館重鎮繁榮過一陣子。然而飛機、鐵路等大眾運輸興盛，這座城市又不存在其他特殊產業，如今少有外人往來。

不過現在卻來了一群全副武裝、氣勢洶洶的男人，他們占據了這座寧靜的小鎮。

他們就是法米利昂皇國陸軍。

他們收到席琉斯下達的撤退令。當地警察指揮國境周遭居民避難結束之後，他們與全體居民會合，帶領居民開始一路撤退至皇都弗雷雅維格。不過在半路上，席琉斯忽然傳來與方才完全不同的命令。

這份命令要求陸軍在這裡——卡爾迪亞設立戰線。軍隊要在此迎擊直指皇都而來的奎多蘭軍，幫助他們脫離〈傀儡王〉的控制。

負責指揮法米利昂軍的席格娜・艾隆上將遵照席琉斯的命令，先將引導居民避難的任務轉交給駐紮在卡爾迪亞的警察，一步步準備與奎多蘭軍的城鎮戰。

炸毀建築物，讓瓦礫散落在道路上，以便阻止敵軍前進。

設置鐵刺網與鐵柵欄。

這些障礙物頂多只是惡作劇程度，但有總比沒有好。

席格娜指揮士兵工作，並且告訴他們：

「全軍盡快更換裝備！再過不到十分鐘，奎多蘭軍就會抵達這裡了！」

席格娜透過擴音器不斷催促，士兵們**解下裝有實彈的槍械**，換成鎮壓暴徒專用的非致命性武器，例如橡膠彈、暈眩手榴彈、電擊槍以及防彈盾牌。這些是前來迎接避難民眾的警察帶來的裝備。

拯救奎多蘭軍。

既然上層做了這樣的決定，他們可不能拿著裝有實彈的槍砲對準敵軍。

因此，皇國陸軍將裝備更換成毫無殺傷力的武器，並在交戰前剩餘的些許時間內進行裝檢與試射，多少熟悉武器的特性。

其中一名中年士兵苦笑道：

「這就是警察的裝備啊。用起來和我們的裝備差不多……你看看，連鐵桶都打不穿。」

他用腳尖踢了踢鐵桶。他們剛才用這鐵桶進行橡膠彈試射，上頭多了一個大凹陷。

凹陷雖大，卻沒有貫穿鐵桶。

由此可見，他們不用太期待這些子彈的阻擋能力。

「真可靠，這玩意不管打中哪個部位都死不了人啦。」

隔壁一名與士兵同齡的男人見他抱怨，隨口回了玩笑話。這時——

「喂、閃開閃開！你們別擋路！」

一陣怒罵落在兩人頭上。

兩人疑惑地轉頭看向聲音來源。一名年長的男人神情嚴肅地從戰車艙口探出頭，命令兩人離開路中間。

「連戰車都要撤下來啊？」

戰車上的男人點頭。

「當然了，就算把戰車大砲的子彈換成橡膠彈，光是那個大小就能砸扁一個人了。城裡也撤得差不多，只能收工回家啦。」

就如同男人的說明，原本在軍隊旁並行移動的戰車，不知何時退到戰線後方。

剛才開口抱怨的中年士兵見狀，聳了聳肩。

「這可有趣了。敵軍雖說是被人控制，但是他們人手一把機關槍，還有戰車隨軍，我們卻得拿著這種玩具跟他們打呀。雖說敵軍跟法米利昂一樣，沒有配備對地轟炸機，但這也太亂來了點？」

聽見這句抱怨的士兵們紛紛點頭。

「是啊，很亂來。當然亂來了。我聽見命令的時候還懷疑是不是聽錯了，太誇張啦。」

「就是說啊。敵軍突然攻過來，我們光是救助居民、引導避難就已經忙翻天了，居然要我們連奎多蘭軍也救。我們的國王陛下根本是個沒藥救的大蠢蛋。」

士兵們的不滿、氣憤逐漸膨脹。

但這也難免。

敵軍可是滿懷殺意地衝過來，卻要我方特地降低裝備強度，一邊顧慮敵軍一邊作戰。在前線的士兵耳中聽來簡直是莫名其妙，蠢到極點。這群士兵可是親自在前線賭命，這可不是在開玩笑。

他們當然滿腹抱怨，當然會氣憤。

不過──

「……你們嘴巴上這麼說，表情倒是挺開心啊？」

他們雖然口中憤恨不平，神情卻隱約有些開朗。

「你自己也一樣，笑得可噁心的。剛才明明還抱著真槍實彈，一副世界末日來臨的樣子。」

「嘿嘿……為什麼咧？老子也不懂啦。不懂歸不懂……自己國家的人民隨時可能死在敵軍手上，還要我們賭命幫助別國人。我啊，能成為士兵，為這種瘋子國家作戰……該怎麼說，實在很高興啊。」

他聽見奎多蘭攻進來的時候，十分震驚。

他不願相信這個事實。

但是當他收到十萬火急的徵召令與緊急迎擊命令，分配到裝備，才真正感受到。

自己現在就要和奎多蘭的人們互相廝殺。

當他察覺這一點，平時明明能背著裝備跑上幾圈操場，這些裝備卻突然變得非常沉重。

光是拿著都覺得可怕，很想立刻拋下裝備。

當然了。

不是只有皇室成員在努力促進兩國和解。

兩國的居民同樣模仿他們的王，一點一滴與鄰國人拉近距離。

尤其是這群士兵，他們體會過席琉斯執政前的奎多蘭與法米利昂。

當時國家把鄰國人形容成凶神惡煞，教導他們彼此交惡。

他們有段時期，光是聽見奎多蘭這三個字就會心生厭惡。

奎多蘭應該也是同樣狀況。

國家剛開始嘗試實施和解政策時，雙方連互看一眼都覺得困難。

但是經過無數小小的交流，雙方漸漸認識彼此，一步步拋棄古老的陋習，培育出友誼的苗芽。

他們自然不願意與這麼得來不易的好友自相殘殺。

所以當長官下達迎擊命令，他們擠在卡車內前往戰場，每個人都深深後悔自己選擇成為士兵。

不過——席琉斯為他們掃去這份陰霾。

奎多蘭軍只是被人操控，他們對我國並無敵意。

我們應該打倒的敵人另有其人，絕對不能與奎多蘭軍交戰。

（我只是一介士兵，連我都知道……）

席琉斯的決定——有多麼偏離常軌。

無論有何內情，奎多蘭軍已經手拿武器，往法米利昂侵門踏戶。一般國家當然會要求士兵開槍衛國，就算敵軍遭到罪犯控制，也一定不會透露給士兵（他們），隱瞞所有真相好讓士兵專注於國防工作。

……最後，他們的手一定會沾滿無辜好友的鮮血。

這才是一般狀況。

這才是軍隊。

他們的王根本在說夢話，一點都不合乎常識。

但是……這卻讓現在的他們感到無比欣喜。

他們的王不會讓他們親手殺害自己的好友。

（……席琉斯王的決定，確實讓我們的性命暴露在危險之中。）

但是這樣就好。

法米利昂（他們的國家）就該是這個模樣。

「世界這麼大，有一個國家願意用這種濫好人的理由打仗，也挺不錯的。」

「就是說啊……！」

在場的每個人都和這名士兵抱持相同想法。

——指揮士兵的席格娜也一樣。

「那邊的！要閒聊到什麼時候！裝備檢查完畢就趕快就定位！」

「遵、遵命，長官!!」

席格娜催促著眾士兵，並且俯瞰全體皇國陸軍。

……方才那副欲哭無淚的神情早已不翼而飛。

「你們給聽好了！誰也不准殺敵！也不准讓敵軍錯殺任何人!!

並且，誰也不准死!!

這是吾王親自下達的諭令（Order）！給我充分展現皇國陸軍的氣魄!!」

「「喔喔喔喔喔喔喔喔——!!!!」」

席格娜的宣誓令全體法米利昂陸軍慷慨激昂。

這是一場必須放水的死戰。明明他們被迫參與如此亂來的戰鬥——

每一名士兵的表情都充滿鬥志。

為了他們的好友而戰，堅定的意志為他們帶來無限勇氣。

法米利昂皇國陸軍的士氣現在達到最高潮。

——現在的他們一定能跨越任何絕境。

席格娜堅信著。

「這裡大致上準備就緒。你就是我們的『眼睛』！拜託你了，黑鐵！」

她仰望天空，透過耳麥告知。

席格娜的視線前方，一架直升機翱翔在陰雲之下。黑鐵一輝從直升機內探出身子，點了點頭：

「一切交給我。」

◆◇◆◇◆

『因此，岳父，我有一個想法想請您聽聽看。』

『——……說來聽聽。』

一輝與阿斯卡里德一同來到皇宮，向席琉斯提出建議。席琉斯沉默良久，點頭答應。

一輝得到首肯，開口解釋。

歐爾・格爾多達三位數的中繼站。

唯一一個以現有戰力摧毀中繼站的方法，那就是——

『讓我成為法米利昂軍的雙眼。』

『你說什麼？』

一輝的作戰計畫並不複雜。

由能夠看穿中繼站的一輝搭上直升機，從空中鳥瞰整片戰場。

從遼闊的視野一次看穿多個中繼站，將其位置提供給皇國陸軍。

『你是說讓直升機繞飛戰場，從空中判斷中繼站嗎……！』

『是。法米利昂與奎多蘭雙方都是聯盟加盟國，聯盟條約明文禁止盟國持有對地轟炸機，或是任何可在自國領土外進行遠距離飛行的航空戰力，對方應該沒有準備對空戰力。我們應該可以專心找出中繼站。』

『可是你打算怎麼告知中繼站的位置？對方軍隊兵力多達數萬名，戰場上可是亂成一團，士兵們沒那個閒功夫去一個一個判斷啊。』

『如果能借用米利雅莉亞的能力，應該能解決這個問題。』

『你說米莉!?』

史黛菈驚呼。一輝對她點點頭：

『沒錯，她擁有優秀的空間掌握力與視力，能確實控制位於遠處的子彈，做為狙擊手的能力是一流中的一流。由我找出所有中繼站，再讓她以漆彈一一打上記號，這麼一來就能告知全軍中繼站的位置。』

一輝肯定地說道。但是在場所有人卻滿臉困惑。

的確，只要以漆彈打上記號，就能讓全軍士兵得知中繼站的位置，也能解決人手不足的困境，但是——

『從上空看下去，那些士兵會顯得又小又密集，你真的能看出誰是中繼站嗎？』

問題是，這件事真的可行嗎？

實際上，聯盟排行第四名的強者——〈黑騎士〉阿斯卡里德聽完阿斯特蕾亞的疑問，搖了搖頭。

她表示自己辦不到。

丹達利昂也一樣——

『……直升機上大概只看得到士兵的頭頂，我恐怕也辦不到呀。』

然而面對一片負面反應——

『我對自己的眼睛有自信。』

一輝刻意強調——

『阿斯卡里德小姐已經用〈無敵甲冑〉治好我肉體上的傷口，但是我在剛接觸歐爾・格爾時就耗掉了殺手鐧，耗光魔力，幾乎無法派上用場。可是史黛菈的故鄉遭遇困境，我無法在一旁坐視不管。請務必給我一個機會，讓我去做我辦得到的事……！』

他不偏不倚地——凝視著席琉斯．法米利昂。

希望他相信自己。

席琉斯沉默了好一陣子……終於開口：

『這是奎多蘭與法米利昂之間的問題，跟日本來的小鬼無關。』

『父、父王！你還在鬧彆扭！』

史黛菈聽見父親拒絕，正打算上前理論。

不過，阿斯特蕾亞制止了她。

『史黛菈，等一下。』

下一秒，席琉斯繼續說：

『不過，你如果要成為我們的家人，那就另當別論。』

『岳父……！』

『假如你能在這場戰爭中帶領法米利昂走向勝利，孤就認同你成為法米利昂的一分子。雖然狀況有變，這個約定還是有效……你得向孤證明，你不是只會耍嘴皮子。』

他不是誤入露娜艾絲的圈套，也不是遭人強迫。

而是以自身的話語，自身的意志訂下誓約。

他承認黑鐵一輝成為法米利昂的代表。

黑鐵一輝為了贏得史黛菈，向他提出這場挑戰。

席琉斯願意以男子漢的身分接下戰帖。

『是……！我一定會做到！』

──他一定會達成任務。

一輝在直升機裡閉上雙眼，回想起數小時前在皇宮立下的誓言，再次下定決心。

那位父親接受自己的挑戰，讓自己有機會奪走他無可替代的女兒。可不能讓他見到自己窩囊的一面。

他沉靜心靈，聚精會神。

一心一意提高專注力，直到自己能清晰察覺流淌全身的血液脈動，感受到每一根毛髮隨風搖曳。他睜開眼──

「來了。」

一輝一望而下。

陸軍炸毀所有高樓，視野遼闊無阻礙。

而在那片原野的盡頭，漆黑的洪水緩緩跨越丘陵，逐漸逼近。

那就是奎多蘭大軍，總計五萬名兵力。

一輝望向身旁單膝跪地，正在檢查狙擊槍狀況的少女──米利雅莉亞・雷吉，問道：

「米利雅莉亞，準備就緒了嗎？」

米利雅莉亞露出十分厭惡的表情——

「叫人家米莉就好，米莉討厭硬邦邦的稱呼。」

「……準備好了嗎？米莉。」

「完美。」

米利雅莉亞答道，架起裝好漆彈的槍械。

一輝接著按下耳麥的按鈕，詢問席格娜：

「已在北方丘陵發現敵軍！席格娜小姐！您那邊準備如何!?」

『全軍已各就各位！隨時都能開始作戰！』

席格娜答覆的同時，地面傳來士兵的吆喝，宛如風暴一般。

一輝渾身感受到直衝天際的士氣，默默心想。

……真是個好國家。

（這裡是不是史黛菈的國家，都已經無所謂了。）

他身為一名騎士——絕不能讓這裡的人民悲傷落淚。

一輝懷抱著這份心情，向戰場的所有同伴宣布：

「我們上吧！作戰開始……！」

〈傀儡王〉操縱的五萬名奎多蘭陸軍組成縱隊，宛如箭矢一般刺向法米利昂，並且直指法米利昂的心臟——皇都弗雷雅維格，毫不停歇。

◆◇◆◇◆

另一方面，法米利昂陸軍現有兵力總計三萬名士兵。他們將全部兵力派遣至奎多蘭的進軍路線，並在中間地帶的卡爾迪亞設置防衛戰線。

卡爾迪亞曾經做為兩國的交易重鎮，自然鮮明的城鎮風貌與奎多蘭相仿，其中東、西以及中央三條大道並行貫穿城鎮，連接兩國。

法米利昂兵分三路，封鎖三條大道。

他們準備在此迎擊奎多蘭大軍。

於是，時間來到下午五點，兩軍終於展開交戰。

陰雲之下，槍聲猶如風暴一般，接連不斷。

在這片喧嚷之中，席格娜命令全軍：

「不要勉強交戰！只要稍微拖延奎多蘭士兵的行動，直到騎士們找出中繼站為止！一旦局勢開始危急就立刻撤退！」

「「「遵命、長官！」」」

雙方的裝備上有絕對的優劣差異。

奎多蘭軍使用真槍實彈，又有戰車隨行，會毫不留情痛下殺手。另一方面，法米利昂軍的目的是解救敵軍脫離〈傀儡王〉控制，他們只配備鎮暴專用裝備，子彈也全是橡膠彈。

他們手上的武器跟奎多蘭軍一比，幾乎等同於玩具。

要是正面展開槍戰，法米利昂方根本不堪一擊。

但在開戰之後，法米利昂軍始終占上風。

「腳！瞄準腳開槍！打中他們的頭也阻止不了他們前進，打斷雙腳就能阻擾敵軍！」

「不要忘記找掩護！現在的狀況跟演習不一樣啊！」

戰爭存在著「三比一定律」。

進攻方與防守方的兵力比例必須在三比一以上，進攻才能順利取勝。

反之，防守方的一名士兵就能抵得上進攻方三名士兵。

法米利昂三萬兵力，對上奎多蘭五萬兵力。

單純計算人數，法米利昂確實是屈居劣勢，但添加上述定律之後，法米利昂的兵力等於直接攀升到九萬名。

再加上法米利昂軍在奎多蘭軍抵達之前，就已經充分掌握掩護地點，並事先商量好，以便進行效果絕佳的交叉射擊。

五萬名士兵想靠著突擊攻破三萬名準備周全的守軍，幾近不可能。

奎多蘭軍的侵略將在卡爾迪亞止步。

不過，法米利昂的優勢並未持續太久。

雙方進行拉開充分距離的槍戰，只要徹底做好掩護，就能與手持實彈的敵軍戰得勢均力敵。

一旦戰況拖長，兩軍的距離逐漸接近，就會如實呈現裝備帶來的差異。

因為——奎多蘭手中的某些兵器，其威力足以一擊摧毀掩護用的牆面或盾牌。

「喂、喂喂喂、那邊那個士兵手上的不是……！」

「糟了，是火箭筒（ＲＰＧ）！」

「全軍迴避————!!!!」

三條大道的其中一條，東部大道上發生了狀況。

擲彈兵至今都躲在手持突擊步槍的士兵後方。當兩軍逐漸拉近距離時，擲彈兵突然跳上前線，將手中的兵器瞄準法米利昂軍，扣下扳機。

ＲＰＧ－７。

這種火箭彈能輕易破壞戰車裝甲，區區水泥牆根本擋不住片刻。

法米利昂的士兵急忙開始撤退，但是人類的雙腳根本逃不過附有推進裝置的火箭彈。士兵們完全來不及避難，只能做好赴死的覺悟閉上雙眼。下一秒，火箭彈將士兵連同水泥牆一起炸個粉碎。

爆炸聲如雷貫耳，火焰熊熊燃起。

但是——

「欸、奇怪？」
火焰並未波及到這群等著赴死的士兵。
他們疑惑地睜開眼——
「你、你是……！」
「————」
他們用來掩護的水泥牆前方。
漆黑鎧甲的人影全身纏滿黑煙地佇立在牆面前，像是在掩護他們。
沒錯，〈黑騎士〉阿斯卡里德身著〈不屈〉的靈裝——〈無敵甲冑〉，以身體接下火箭彈，保護了所有士兵。
「沒事吧？」
阿斯卡里德回過頭，語氣沉穩地問道。
「啊、是啊，我們沒事。騎、騎士大人才是，您沒事嗎？」
「剛剛可是直接命中啊？」
「……這沒什麼。」
士兵們一臉擔憂，阿斯卡里德則是若無其事地回答。
事實上，阿斯卡里德確實沒有受到半點傷害。
伐刀者有辦法抵擋物理衝擊，但火箭彈直接擊中還是會致命。不過阿斯卡里德的〈無敵甲冑〉擁有目前現有靈裝中最堅固的防御能力，只要衝擊本身不附帶魔力，哪怕是反艦飛彈直接命中都毫髮無傷。

因此，奎多蘭兵即便將砲火集中在阿斯卡里德身上，對她來說仍然不痛不癢。

她隻身暴露在子彈的暴風雨中，緩緩前進。

她一個人站在敵陣中央，環視四周一圈。

緊接著——

「找到了……」

她低喃道，右手顯現出巨大戰斧。

接著一個箭步衝向其中一名拿著機關槍掃射的士兵。

她將飛來的子彈一一彈開，瞬間拉近距離，戰斧刀光一閃！

阿斯卡里德一把打飛士兵上的機關槍之後，直接制伏他。

最後動作流暢地將士兵雙手扭至後方，銬上手銬。

下一秒。

以這名士兵為中心，四周的士兵忽然停止不動，如同斷了線的人偶癱倒在地。

沒錯，阿斯卡里德剛才制伏的人就是掌控這一帶士兵的中繼站。中繼站的行動受限，尾端的士兵們就無法進行適當的重心轉移，失去原本的功能。

阿斯卡里德順利找出中繼站，制伏周遭的士兵。四周的法米利昂士兵見狀，紛紛大聲叫好。

「太、太強了！她面對那麼密集的砲火，居然絲毫不退縮，強得不像人啊！」

「世界第四強真可靠啊！之後也要拜託妳啦！」

阿斯卡里德默默點頭回應眾人——

「……他居然真的從空中判別出中繼站。」

她望向天空，低聲讚嘆。

而她的視線前方，一架直升機正在戰場上空飛行。

◆◇◆◇◆

卡爾迪亞上空。

一架直升機正在距離約三十公尺的低空盤旋飛行。

這是一架運送物資專用的直升機，上頭載著黑鐵一輝與米利雅莉亞・雷吉。

「米莉，下一群目標正從四十五號道路南下中，看得到嗎？」

一輝從開啟的機艙門探出身體，指向戰場一角。

「最後方，有個背包裡伸出天線的士兵正在跑步。瞄準他射擊。」

一輝俯視奎多蘭軍，判斷出中繼站的位置。

身旁的米莉單膝跪地，擺出射擊架式。他對她下達指示——

「明——白，要射囉～」

米利雅莉亞收到射擊指示後——

「一、二、嘿！」

她隨即朝著目標發射漆彈。

米利雅莉亞卓越的空間掌握力，讓她能在遠處操控子彈進行立體運動。直升機的立足點搖晃不定，她仍然不受干擾，輕易擊中目標。

緊接著，沾上油漆的目標立刻成為標的——

『大夥們！又發現下一個可憐的笨蛋啦！』

『親衛隊上前！全軍衝鋒——!!』

『上啊上啊向前衝！上啊上啊向前衝！』

法米利昂皇室親衛隊高舉防彈盾牌，向前邁進。

他們強行撞破奎多蘭軍的攻勢後——

『就是現在，壓制他——！溫柔地包圍他吧！』

『親衛隊式肅清法第一式，男子漢大滿貫裸油地獄！』

『『『嘿呀——!!!!』』』

所有人脫下半被，一舉撲向成為中繼站的奎多蘭兵，眾人堆疊成山，完全封鎖士兵的行動。

肌肉疊羅漢重重壓垮了中繼站，讓他一隻手指頭都動不了，接著四周的士兵隨即倒地。

『這個肅清法是用來處罰擅交女友、擾亂隊內和諧的愚蠢之徒！沒想到會以這種方式派上用場啊！』

『愚蠢的罪犯，見識到了嗎!?這就是法米利昂的實力！』

「我說一輝，我可不可以順便對那群傢伙開槍？他們簡直丟光國家的臉。」

親衛隊員成功制伏中繼站，擺出架勢炫耀戰果。米莉見狀，便從空中舉槍瞄準，問向一輝。

一輝一陣苦笑——

「結束之後再說吧。」

這麼答道。

（結束之後就可以喔？）

米利雅莉亞吃了一驚，沒想到一向對人和氣的一輝居然語中帶刺。

那群傻蛋究竟做了什麼惹火他？

不過既然一輝都這麼說，那結束之後就給他們來個兩、三發也好。

……話說回來——

（這真的超級厲害耶。）

下方的戰場。

米利雅莉亞低頭看著下方倒成一片的奎多蘭士兵，不禁吞了口唾沫。

黑鐵一輝從開戰之後總共找出將近二十名中繼站，並與法米利昂軍聯手，成功壓制住所有中繼站。一切按照他向席琉斯建議的作戰計畫，他完美地勝任法米利昂全軍的眼睛。

米利雅莉亞就坐在一輝身旁，沒有人比他更能體會一輝的厲害。

因為米利雅莉亞明明與一輝看著同樣的景色，她卻完全分不出哪個士兵才是中繼站。

——說實話，這有一點傷到她身為狙擊手的自尊心。

所以——

「我說我說，為什麼一輝只從上面看一眼就知道中繼站的位置呢？這種地方看下去真的只看得到頭而已呀。」

米利雅莉亞決定問問一輝辨別的方法。

一輝這麼回答：

「這樣就夠了，而且這次並不需要近距離觀察。」

「人家有聽沒懂吶？」

米利雅莉亞滿臉疑惑。於是一輝再次補充：

「〈傀儡王〉的〈提線人偶〉精密得令人毛骨悚然。約翰和奎多蘭城裡的人們明明和我們一起吃飯，我卻完全沒發現他們遭人操控。〈傀儡王〉肯定是透過魔力絲線掌握住每個人原本的性格與記憶……只看表情根本無法察覺。

既然如此，細部的資訊就只是雜訊。

將視野拉遠、拉廣，觀察整體比較有效。

戰場就如同下雨時的湖面。

『行動』的波紋會以指揮官為起點，逐漸傳遍整個戰場。

這次真正的指揮官並非用聲音下令，而是實際透過絲線傳達各個士兵的行動，這反而會更好辨認。

所以，這個波紋的起點就一定是中繼站。」

「……喔喔，是這樣啊。抱歉喔，問太多了，原來原來。」

（人家根本聽不懂他在說什麼啊——！）

一輝侃侃而談，話語中充滿無可動搖的自信。米莉聞言，確定了一件事。

他們眼中的世界根本不一樣。

要她把戰場當成湖面，但是下面到處擠滿敵兵，每個人的動作都截然不同，完全看不出起點在哪裡。

雙方辨識出的資訊數量差上一大截。

難怪史黛菈會看上他，真是太可靠了。

自己也要努力，小心別扯他後腿。

米利雅莉亞再次架起槍——

「不過我能做的只有找出目標罷了。我沒能力進行遠距離射擊，準確標記出目標——謝謝妳，米莉。多虧有妳，我才能為這個國家而戰。」

「唔、～～～～～……………!!!!」

一輝滿懷謝意，鄭重向米利雅莉亞道謝。

米利雅莉亞見到那柔和的笑容，忽然覺得自己胸口一陣揪緊，喘不過氣。

「人、人家也不是為了一輝才幫忙啦～米莉也是法米利昂的騎士嘛～？只是、舉手之勞而已嘛～」

她以彆扭的語氣掩飾害羞，撇過臉去。

或許是因為他沒有任何惡意或企圖。

一輝明明不是娃娃臉，他的笑容卻彷彿孩童般純真，不小心滑進她的心裡。

（這個天然花花公子，難怪史黛菈會被迷得團團轉呀。）

她要小心不要動心了。

跟史黛菈當情敵太恐怖了，她一點也不敢想像那個場面。

她有幾條命都不夠花。

「唔、下一個目標……有點麻煩呢。」

米利雅莉亞調整呼吸，試圖穩定亂跳的心臟。此時一輝突然低聲抱怨。

「哪裡哪裡？」

「中央大道有一台戰車正在南下，目標是那個從艙口探出頭的士兵。」

米利雅莉亞調整好呼吸，詢問目標的位置，一輝便指著某一台戰車。只見那台戰車輾倒路樹，旁若無人地通過道路。

士兵可不能輕易靠近，太危險了。

「總之，必須先想辦法阻止戰車移動。」

不過一輝還來不及思考，米利雅莉亞就先將漆彈射向戰車的艙口，接著──

「這沒問題之類的～因為──堤兒在那一區呀。」

『好啦好啦閃開閃開──！這傢伙就包在我身上──！』

就在此時，某處傳來一股響亮的吶喊，聲音大到上空的直升機都聽得一清二楚。

一名女孩從法米利昂軍的隊列中衝了出來。

晒得光亮的健康小麥色肌膚，以及印象活潑的短髮。

這名女孩正是米利雅莉亞方才提到的，她原本的搭檔──堤米特・格雷希。

堤米特直線奔向米利雅莉亞標記好的戰車。

但是她未免太魯莽了。

理所當然的，戰車立刻反應過來。

砲塔一轉，將砲口轉向堤米特。

緊接著，沉重的爆炸聲響起，八十八毫米戰車砲發射砲彈。

超重量級的一擊來得比音速更快更猛，光是掀起的風壓就能將人絞成肉塊。

在這股威力之前，伐刀者與一般人毫無分別！

不過堤米特面對砲彈壓倒性的破壞力，則是無畏一笑──

「〈物質潛行(Stone dive)〉！」

直接縱身跳向地面。

就如同跳水一般。

一般人做這種舉動，只會迎面撞上柏油路面。

但是——堤米特擁有潛入物質內部的能力。

水聲響起，水花飛濺，道路一瞬間猶如水面，將堤米特全身吸了進去。

砲彈同時到達目標地點。

隨即炸飛地面與周遭的空氣，掀起粉塵。

不過當粉塵散去，路面遭到破壞的部分並沒有牽連人類的跡象。

堤米特逃過砲擊。

成為人偶的士兵似乎開始提防突襲，隨即縮回戰車內並關閉艙門。

然而，他的舉動毫無意義。

無論是道路或戰車——

——堤米特的能力能鑽進任何地方！

下一秒，戰車車體一陣上下搖晃。

艙門突然從內部彈開——

「小事一樁————！」

堤米特拎著五花大綁的士兵衣襟，從戰車內探出頭。

同一時間，周遭的奎多蘭兵全都喪失動能，接連倒地。

法米利昂士兵見狀，所有人高舉雙手歡呼。

「喔喔喔喔！堤米特，妳很行啊！」

「這對搭檔平常老是出包，在這種緊急時刻當然要給我派上用場啊！」

「喔喔，交給我、交給我！米莉！你們就盡全力標出目標的位置！不管目標在哪，我都會把他們揪出來！」

◆◇◆◇◆

一輝、米利雅莉亞以及堤米特的戰功透過全體通訊，傳達給負責西部大道的史黛菈。

她現在早就不會驚訝一輝的能力與膽量，不過——

「那兩個人倒是挺大膽的呢。」

堤米特與米利雅莉亞。

她們兩個都是在今年才獲得學生騎士資格，並入列後備役。

她們連參與演習的次數都不多，更別說實戰。

相對於經驗，她們的表現卻令人大開眼界。

在自己仍渾身帶刺的時候，這兩個女孩還是願意與自己來往。由此可知，她們本來就十分有膽量。

——自己也不能輸給她們。

「好了，史黛菈殿下。這裡就交給在下，史黛菈殿下儘管前往一輝先生身邊。」

「不、我待在這裡就好。讓丹爺一個人應付這麼多敵軍，未免太辛苦了。」

史黛菈婉拒丹達利昂的提議。

她的回應隱隱帶著點不悅。

稍早的作戰會議上。

〈黑騎士〉舉出數名能分辨中繼站的騎士，卻沒有把史黛菈列入其中。

她知道原因。

是經驗(Career)。

丹達利昂是身經百戰的強者，他的資歷可以為他敏銳的觀察力背書。

阿斯卡里德亦同。她的實力排行世界第四，再加上她與歐爾·格爾有血緣關係。

她或許知道辨別中繼站的訣竅。

最後，一輝可說是洞察力的怪物。他只比自己年長一歲，但是他為了以自身拙劣的才能爬上顛峰，無時無刻琢磨自身的專注力，在戰鬥中不錯過任何細微情報，並且充分利用。他的每一場戰鬥都深刻無比，自己完全無法相提並論。

自己的經驗與前述三人一比，確實差上一大截。

不過——

「可別小看〈紅蓮皇女〉……！」

史黛菈心想。

她在經驗方面的確比不上他們。

但她體內的才能絕對不輸給這三個人。

既然無法以經驗看穿，那就另外找方法。

（反正已經看破對方手腳，方法要多少有多少。）

不久後，奎多蘭軍沿著道路逐漸前進，並且開始射擊。

史黛菈站在彈幕前方，不逃不躲——

「〈妃龍羽衣（Empress Dress）〉！」

她全身釋放熱焰，鉛彈觸及身體之前就一一化為灰燼。

史黛菈的火焰不只是為了防禦射擊。

她施展〈妃龍羽衣〉還有另外一個目的。

史黛菈提高火焰的火力，將燐光散布在化身戰場的西部大道。

數以萬計的燐光全都附有她的意識，能夠共享感覺。

她大範圍擴張自己的觸覺。

尋常伐刀者無法如此精細地操作魔力。

不過史黛菈的魔力控制能力也是非比尋常。只是那份壓倒性的力量過於顯眼，人們總會不小心忘記這點。

史黛菈在魔力控制能力方面只略輸〈深海魔女〉，畢竟〈深海魔女〉能將肉體分解至細胞大小後再次構築，十分驚人。

總而言之，整體能力均高正是〈紅蓮皇女〉的強大之處。

些許經驗差異對她來說，根本無關緊要。

她想找多少替代方案都不成問題。

史黛菈藉由散布燐光，名副其實「掌握」整個戰場。

士兵在哪個位置、做了什麼動作，甚至是半靈體狀態的魔力絲線。

史黛菈的感官猶如龍的雙眼，能從高空知悉千里內的事物，眼前的一切都逃不過她的五指山──

「在那裡！」

她隨即衝向絲線的集中點，放倒那名士兵。

接著以手銬束縛士兵的行動，周圍的奎多蘭士兵頓時倒地。

這證明史黛菈捉住的士兵的確是操縱這一帶的中繼站。

「看？我也做得到呀。」

史黛菈得意地看著她的劍術老師──丹達利昂。

丹達利昂見到少女的成長，欣喜地扯起滿是皺紋的臉。

「史黛菈殿下以前總是低估自己的才能，不過……您去了日本之後簡直脫胎換骨了哪。」

「當然呀，我可是在日本遇見最棒的勁敵呢！」

一輝無論多麼缺乏才能，絕不會低估自己。

即便他手中的底牌多麼難看，他始終相信自己辦得到，不斷奮戰。

自己要是懷抱迷惘與這樣的對手對決，根本不可能取勝。

「好了，趕快解決他們吧！」

史黛菈聽見丹達利昂的稱讚，更是鬥志高漲，立刻走向下一個目標。

她剛才散布出去的燐光早就發現另外兩個中繼站。

……史黛菈的出色表現，再加上以一輝為中心的法米利昂軍隊大肆進擊，接連捕捉歐爾・格爾的中繼站。開戰後一個小時左右，已經有三分之一的奎多蘭軍擺脫絲線的控制。

眾人豐碩的戰果全都即時通報給法米利昂皇宮。

阿斯特蕾亞望著戰場傳來的影像，開心地鼓掌。

「好厲害、太厲害了呢！才沒過多久就已經救出快一半的人了！這全都要多虧一輝，是他準確告訴大家中繼站的位置呢！」

對不對，爸爸？阿斯特蕾亞以眼神暗示——

「……哼！還算可以！」

席琉斯的神情依舊是滿滿的不甘願。

「嗯哼哼，爸爸真是不坦率呢。」

席琉斯沒有否定一輝的戰果，代表他的態度已經比之前正面許多。

他好歹是一名武人。

這名少年一再以實力證明自己並非空口無憑，席琉斯也無法繼續欺騙自己。

這是好現象。

「希望一切都能順利解決……」

阿斯特蕾亞衷心祈禱。

但是阿斯特蕾亞的這份心願——

命運，放聲譏笑。

「哎呀？這就難說了呢。您想想，壞事總是接踵而來，這才是世間的真理呀。您說是嗎？」

「「——!!」」

阿斯特蕾亞等人目前身在皇宮的其中一間房間。房內突然響起陌生的女聲。

席琉斯、阿斯特蕾亞以及警衛回頭看去——

——一名高瘦的女子站在角落。

濡溼般柔軟的黑髮，勾勒數枚花瓣線條的漆黑禮服。

她就彷彿是垂枝而下的漆黑花朵——

「首先請讓我為我的突然到訪致上深深的歉意，還請兩位容許我的無禮。法米利昂國王，以及王妃，我是……啊、不好意思，這次不是出任務，所以我現在沒有名字呢。好吧，就請兩位暫且稱呼我『艾茵』。」

烏黑花朵般美麗的臉龐上浮現不祥的笑容，她高高勾著唇角，將藏在後方的純白百合花束遞給席琉斯與阿斯特蕾亞。

接著——她緩緩開口：

「我今天是特地為各位的葬禮送來祭祀的花束。」

宣告死亡。

◆◇◆◇◆

同一時間。

卡爾迪亞戰場同樣陷入大麻煩。

「這傢伙是、什麼東西啊……」

一輝與米利雅莉亞搭乘直升機盤旋在卡爾迪亞上空，兩人錯愕地**看向上方**。低空飛行中的直升機前方出現了障礙物。那是一具大約三十公尺高的巨人，他身穿黑色連帽外套，身材肥壯。

巨人忽然就出現在一輝等人眼前——

『咕嘻♪』

他像馬一樣露出白皙的牙齦，咧嘴一笑——

『呀啊啊啊啊啊啊啊————————!!!!』

接著像是在打蚊子似的，雙手同時拍向一輝與米利雅莉亞搭乘的直升機。

直升機直接被巨人的大手擠爆，噴出火焰。

地面上的士兵見狀，瞪大雙眼——

「直、直升機被——！」

「不會吧……米莉——————!?」

堤米特高聲呼喚機內的搭檔。

不過，就在此時。

「等等！看那裡！」

其中一名士兵指著烈焰下方。

只見半空中——

「呀啊啊啊啊啊啊!?!?」

一輝揪著米利雅莉亞與駕駛員士兵的衣領，在千鈞一髮之際逃出生天。

一輝扯開嗓門吶喊道：

「堤米特！**接住我們**——!!!!」

「唔！收到！」

堤米特立刻行動。

她並不打算如字面上用手接住一行人，而是衝向他們預計墜落的地點——

「〈星辰大海（Star Ocean）〉——！」

她把靈裝〈三叉戟（Tríaina）〉刺入地面，將柏油地面變為「大海」。

一輝等人掉進「海」中。

海面頓時濺起黝黑的水柱與飛沫。

過不了多久——

「「噗哈！」」

三人從〈星辰大海〉中探出頭。

「你們沒事吧!?」

「沒、沒事，長官……」

「好、好好好、好險啊……」

一旁的同伴急忙將直升機駕駛員跟米利雅莉亞拖上岸。席格娜臉色鐵青地上前確認兩人安危，兩人連忙回答她。

一輝的機警救了兩人一命。

但現狀容不得他們鬆懈。

那名怪物依然擋在法米利昂軍前方。
「混蛋，這怪物到底是什麼鬼東西！」
「這也只有伐刀者才搞得出來，但是奎多蘭裡有這種傢伙嗎!?」
士兵們驚慌失措。席格娜聞言，搖了搖頭。
「不，我沒聽說奎多蘭有伐刀者能使用巨大化的能力……！有這種程度的能力，他應該會入選戰爭代表啊……！」
「也就是說——」
「照常理判斷，他跟掀起這次動亂的罪犯(垃圾)應該是同夥……！」
倘若真是如此，他們就不需要手下留情。
席格娜打開耳麥進行通訊，下令道：
「中央大道上所有部隊聽令！立刻撿起奎多蘭掉落的武器！往那名巨人身上集中射擊！」
四散在中央大道的法米利昂軍迅速展開行動。
所有人從倒在路上的奎多蘭軍手中奪取武器，以真槍實彈集中火力進攻。
但是——
『啊哈♪手槍　一閃一閃好漂亮~~~♪』
「可、可惡！不行！感覺一點用都沒有!?」
這不過是微不足道的抵抗。

說到底，以一般武器攻擊伐刀者原本就起不了太大作用。

更何況對手是一名巨人，子彈的效果簡直跟玩具ＢＢ彈差不多。

肥厚的脂肪彈開所有子彈，巨人看起來甚至感覺不到疼痛──

『人家也要玩～！』

他挖起腳下的柏油路面，狠狠扯開──

『手槍～！砰砰────!!!!』

然後將瓦礫扔向法米利昂軍。

就像孩童在扔地上的土塊玩耍。

但是當這個孩童有三十公尺高──

──扔出的瓦礫媲美轟炸機的空襲！

「「「呃啊啊啊啊啊啊啊!!!」」」

瓦礫一擊打破法米利昂建立的防衛戰線。

所有的掩護牆與防彈盾牌面對高達三十公尺的巨人扔出的柏油炸彈，全都不堪一擊。數十名士兵瞬間化為肉醬。

『呀哈哈哈!!』

巨人見到自己造成的破壞，天真無邪地大笑。

米利雅莉亞見到這一幕，終於確定一件事。

「不不不這是絕對打不贏那一類的啦！不逃會死翹翹啦！」

「深有同感啊……！這下只能夾著尾巴逃走——」

堤米特答完，猛然察覺——

「欸、一輝咧!?」

黑鐵一輝剛剛還待在她旁邊，現在卻不見人影。

他到底去哪了？堤米特察看四周，這才找到他的背影。一輝正衝向遠處的巨人。

「喂、你要幹麼啊！你已經不剩半點魔力了，到底想做什麼!?」

「————！」

一輝並未回答堤米特。

他現在根本沒時間回答。

剛才的一發瓦礫，究竟死了幾十人？

不能讓那傢伙繼續大鬧。

中央大道除了法米利昂軍，還有昏迷倒地的奎多蘭士兵。

得盡快拉開那名巨人的注意力，將他引到中央大道外。

為此該怎麼做？

一輝奔向巨人，回想起在直升機上看到的街景。

接著——

（——只能這麼辦了！）

他下好決定，雙腳使勁加速。

一輝直線衝向巨人腳下。
大道旁有一個像是紅色郵筒的物體。
——那是消防栓。
「哈啊！」
一輝從底部斬斷消防栓。
失去上部的消防栓自然耐不住水管的壓力。
消防栓被高高拋起，湧出水柱。
而黑鐵一輝——就站在拋起的消防栓上。
水壓將他的身軀推到二十公尺的高空——

「第一祕劍・〈犀擊〉———!!!!」

他將水流當作施力點，再次跳躍。
將漆黑刀尖刺進巨人的右眼球。
『嘎呀啊啊啊啊啊啊啊啊啊啊———!?!?』
〈陰鐵〉的刀尖捅破巨人的角膜與水晶體，眼球裂了個大洞。
一輝的全力一擊幾乎讓眼球內部的玻璃體掉出體外。
巨人放聲慘叫，痛苦不已。

「好強！他讓那個怪物退縮了……！」

米利雅莉亞看一輝的攻擊見效，忍不住歡呼。但是——

「不對、糟糕啦……！」

堤米特比米利雅莉亞熟悉近距離戰鬥，不由得驚呼。

一輝捅破眼球後，被巨人揮落，現在正身處於半空中。

他在空中無處可逃，也無力迴避。

緊接著——

『啊啊啊啊啊啊啊——!!』

巨人憤怒地揮動巨手。

手背全力一揮。

一擊捏碎直升機的怪力迎面而來，一輝卻無法逃脫。

現在的他根本沒有立足點施力。

因此，一輝決定——

（不能失去意識！咬緊牙根撐住——!!）

下一秒，巨人的手背狠狠擊中一輝，他的身軀如同碎屑般飛向空中。

他被打飛到中央大道的側面，猛地撞上地面。

身體順著力勁反彈，同時砸碎柏油路面，彈了又彈。

他最後摔落在距離中央大道一百公尺外，鎮內鐵路與道路的十字路口另一側。

「一輝！」

堤米特見到如此悽慘的景象，臉色刷地轉綠，跳上路旁建築物的屋頂。

她瞇眼細看，確認一輝的安危。

一輝倒在地上，四肢扭曲不堪，遠遠一望就知道他的狀況十分危急。

然而他不顧自己的死活——

「怎、麼了!?弄瞎你眼睛的傢伙還活蹦亂跳啊……！」

一輝沒有失去意識。他當下徹底護住頭部，防止自己失去意識，衝撞地面時也刻意大摔特摔，將力道導向地面。

但是他仍然全身骨骼碎裂，根本連站都有問題。

他不顧自己的安全挑釁巨人，代表他——

（他打算以自己當誘餌，引開怪物的注意力嗎……！）

『嘎喔喔喔喔喔喔喔!!!!』

當堤米特察覺一輝的用意，巨人同時發出怒吼，衝向一輝。

他按照一輝的計畫，漸漸遠離中央大道。

但是——

（你壯烈犧牲是有個屁用啊！）

一輝的行動讓堤米特升起一股類似怒意的情感。
奎多蘭士兵仍舊四散在中央大道上，昏迷不醒。
巨人要是在這裡大鬧特鬧，一定會引發大慘劇。
必須盡快將巨人誘導到其他地方，這做法很合理。
就算很合理——
如果犧牲一輝的性命換來大家的平安，他們該拿什麼表情去見史黛菈……！
「各位！快點攻擊那個大塊頭！把那傢伙的注意力拉過來!!」
堤米特聲嘶力竭地通知在地所有人。
法米利昂士兵有了反應，將槍口指向背對的巨人。不過——
「不……！等一下！」
指揮官席格娜制止眾人的攻擊。
「上將!?」
堤米特當然立刻出聲抗議，然而——
「這男人實在了不起……居然算到這一步啊！」
席格娜對堤米特的抗議充耳不聞。
她渾身戰慄，低聲吐出內心的讚嘆。
她身為指揮官，視野比在場任何人都寬廣，所以她才能察覺。
黑鐵一輝真正的目的。

沒錯——堤米特誤會了一件事。

一輝確實是為了防止悲劇發生，挺身而出誘導巨人離開中央大道……但是他並不會輕易赴死。當然了，說到不死心，沒有多少人能與這個男人相提並論。

《落第騎士》黑鐵一輝的任何行動都是為了取勝。

是的，即便是這個剎那、一輝全身骨頭支離破碎，根本無法站立的這個瞬間——他仍然毫不放棄自己的勝利。

（沒錯、快過來、到這裡來……！）

一輝靠著脖子的力量抬起視線，對著怒不可抑的巨人默念。

他要巨人就這樣跑過來。

他就希望巨人怒氣衝天，為了踩扁自己直衝過來。

——因為自己**故意被巨人揍飛過來**，這個地方湊齊了所有條件。

他在直升機上尋找中繼站時目測了城裡的地形、各式情報。

他沒有錯過其中一處資訊。

穿越卡爾迪亞的鐵路。

——以及上頭的高壓電線！

『嘎啪啪啪啪啪啪啪啪啪啪啪啪啪啪啪啪啪啪啪!?!?!?』

下一秒，巨人正要踏過十字路口，他自己扯壞電線，瞬間觸電！

巨人大肆尖叫，全身抽搐，口中噴火似地冒出白沫與煙霧。

不論他多麼巨大，終究是人類。

人類絕對逃不過觸電。

只要身體含有水分，電流就會燒傷身體。

巨人就如同一輝的計畫，身軀觸電之後猛地一晃，倒向地面。

（這樣就、稍微爭取到……）

一點、時間才對。

『啊、啊、啊……啊喔、喔……喔喔喔————哦哦哦哦哦哦哦哦哦哦哦!!!』

「————！」

一輝的計畫卻就此宣告失敗。

正當巨人即將倒下的瞬間。

巨人踢飛建築物，踩穩腳步，拒絕倒地——

「《格呃呃呃呃呃呃列咿咿咿咿咿咿咿咿佛喔喔喔喔喔喔喔喔喔喔喔!!!!》」

他的聲音宛如暴風，怒聲尖叫。

緊接著下一秒——這一幕，**簡直如同噩夢一般**。

「這、玩笑、可開大了呀……」

一輝的視線前方……巨人再度變大，身高足足超過三百公尺。

一輝這下也忍不住吐出喪氣話。

並且──

（這裡起了這麼大的騷動，史黛菈卻沒有趕過來，這就代表……）

很不幸，一輝的預感確實命中了。

◆◇◆◇◆

「呼、呼……！唔、哈呃……！」

卡爾迪亞西部大道。

史黛菈站在寬廣的道路中央，氣喘吁吁。

她的表情險峻，汗水直落。

一眼就可看出她的緊繃與疲憊非同小可。

但是史黛菈的反應並非來自於戰鬥──

「怎麼啦？老子還沒踏進攻擊範圍，妳就喘個不停啊。啊啊？」

黑衣男的左手拖著渾身浴血的丹達利昂。這個男人突然出現在史黛菈等人面前，獨自解決西部大道上的一半部隊。史黛菈光是與他對峙，就耗掉不少氣力。

「怕我怕得要死啊？」

「少囉嗦……閉嘴！」

「嘻嘻、嘴巴上倒是挺威風的，但也就這點本事。」

「唔……！」

史黛菈聽見男人的嘲諷，神情扭曲。

對方看穿自己的怯懦。

沒錯，史黛菈的氣勢占了下風。

男人渾身圍繞著一股難以言喻的不祥氣息（Aura）。光是看上一眼，胸口就一陣噁心。

——他究竟是什麼來頭？

史黛菈不敢大意。而血流滿面的丹達利昂對史黛菈說道：

「史黛、菈……殿下……不能、和他、交、手……」

「丹爺！」

「請您、快逃…………他、是……〈沙漠死神（Haboob）〉……！」

「唔！這傢伙就是……！」

〈沙漠死神〉。

史黛菈同時身兼學生騎士與政治人物，她記得這個名號。

他是史上最強的傭兵，主要活動於中東一帶。凡是與他聯手，必能獲得勝利——

「〈沙漠死神〉納西姆・薩利姆……！」

「這麼說來，妳就是〈紅蓮皇女〉史黛菈・法米利昂啊。」

納西姆說著，墨鏡後方的雙眼細細打量史黛菈，像是在鑑定物品——

接著，他猙獰地露齒笑道：

「嘻嘻、我原本對那臭小鬼執著的屁孩沒啥興趣，不過這看起來倒是發育得還不錯。怎麼？一個人掛著兩粒奶子很辛苦是吧？何不過來讓我好好揉一揉？」

「什……！」

對方粗魯的發言令史黛菈羞紅了臉，她用手臂擋住胸口，怒斥道：

「好一條瘋狗！看來是沒受過什麼像樣的教育！先去給我修身養性一下再來搭訕女性！而且我早就心有所屬了，根本輪不到你！」

納西姆聞言——

「哦？是嗎？也罷。錢、國家、女人，想要什麼搶來就好。這就是我的座右銘。」

他將半死不活的丹達利昂隨手拋到一邊，握起沾滿他人血跡的左手。

「要是認真來可玩不了多久，和那些廢物一樣……只用左手（這玩意）好了。我就只用左手（這玩意）跟妳打……妳可要拚命抵抗，別讓我太無聊啊。」

「……！」

納西姆的右手仍然插在口袋中。

他口中的「那些廢物」，應該是指他擊敗的丹達利昂以及其他士兵。

這個男人從現身的那一刻起，就從未將右手拔出口袋。

史黛菈不覺得他在小看自己。

眼前的男人確實有足夠的實力，只靠一隻左手殺死自己。

史黛菈能肯定這一點。因為他只是握緊了拳頭，左手的壓迫感就比剛才更加龐大。

只是看著就令她喘不過氣。

身上汗水淋漓。

儘管如此，她的全身又冷得如同置身冰天雪地。

這股感覺與面臨戰鬥的激昂相差甚遠。

她面對歐爾·格爾也有相同感覺。

**還沒打就知道結果了**。

自身命運的終結，無法抵抗的死亡預兆。

這個男人肯定也是存活於常理之外的〈魔人〉。

心臟瘋狂鼓譟，敲響警鐘。

本能正在聲嘶力竭地催促她，要她快點逃離這裡。

但是——

（那又怎麼樣……！）

「大家救起倒下的人之後趕快去避難！會被戰鬥牽連的！」

「「明、明白了！」」

史黛菈對士兵下令後——擺開架勢。

她以架勢展現自己的意念。她絕不會逃跑！

她知道此戰必輸無疑。

無論她多麼想否認、忽略，她還是明白這一點。

她很清楚，所以才會退縮。

她不需要為此羞愧。

武術乃是護身之術。

就如阿斯卡里德所言，能正確理解敵我之間的實力差異，也證明她身為武人的強大。

可是——

（我拿起劍並不是為了保護自己！）

假如她想保護自己一個人的性命，夾著尾巴逃走才是最正確的選擇。

但是史黛菈的肩上不只有自己的生命。

還有心愛的國家。

珍愛的人們。

她是為了守護這一切，才拿起劍戰鬥。

所以她不會退縮。

絕對不能退縮。

因為現在這一刻，自己決心守護的一切全都在自己身後！

（我要解決掉他……！）

自己一定要在這裡擊敗〈沙漠死神〉，就算兩敗俱傷也無所謂。

世界最強的傭兵算什麼？

脫離常軌的〈魔人〉又如何？

這些全都不足為懼。

自己很清楚才對。

絕望般的戰鬥、必敗的對決、無可奈何的才能差距、甚至是自己的命運——

那個男人跨越無數障礙，最終站上了顛峰。而自己一直以來都凝視著他的背影……！

「■■■■■■■■———！」

轉瞬之間，史黛菈朝著陰沉欲雨的烏黑天空奮力咆哮，點燃體內的血液，全身覆上巨龍之力。

「哦？這就是傳說中模仿巨龍的能力啊。魄力倒是挺嚇人的。」

納西姆望著身纏烈焰的巨龍，無動於衷。

納西姆很清楚。

這點程度還不足以顛覆彼此的差距。

這是事實。

史黛菈也心知肚明。

但是她的內心已經不存在任何一絲恐懼。

取而代之的，是熾烈燃燒的勇氣。

烙印在心中的那道背影，那個總是戰勝逆境的男人賦予她無限的勇氣。

自己也想像他一樣——

（首先不要著急，必須試探敵人的實力與招數……！）

史黛菈焚盡內心的膽怯，恢復平常心，同時她也十分冷靜。

自己以往總是順著鬥志強行進攻，現在她要壓抑自己，模仿自己見過最高明的範本，劍舉眼前，觀察對手。

關於〈沙漠死神〉，自己只知道他擁有世界最強傭兵之名。

她還不清楚對方會使用什麼能力。

她判斷現在首先必須確認這一點，這是首要條件。

史黛菈冷靜擬定作戰計畫，然而——

「我要上啦！」

〈沙漠死神〉納西姆・薩利姆卻貿然衝上前，看起來沒有絲毫警戒或計畫。

唯有敵人屈居下風時，才會這般大意。

同時也是擁有十足的實力，才會展現這份從容。

他的步伐——

（好快！）

太快、太敏捷，史黛菈根本來不及迎擊。

納西姆剎那之間闖進史黛菈使劍的距離內，刺出左拳。

他並沒有動到腰部。

只靠肩膀、手肘以及手腕的彎曲，單憑肌肉揮出的一拳。

刺拳。

這一擊不要求殺傷力，是為了牽制對手並抓準自己的步調。

現在回想起來，納西姆摧殘丹達利昂等人時不只收著右拳，他甚至沒有動用雙腳。

靈裝則是手上的指虎。

從這些資訊可推測出納西姆的戰鬥風格。

拳擊。他打算先以簡單的刺拳調整距離與步調，打算看準時機，以腰部力道打出直拳，一擊定勝負。史黛菈分析敵人，並以〈妃龍罪劍〉抵擋納西姆的刺拳——

「————!?!?」

緊接著，一股前所未有的衝擊砸在〈妃龍罪劍〉上，頓時將身體向後擊飛十公尺左右。

「這……」

（剛才這是什麼!?）

「哼哼、區區刺拳是在驚訝個什麼勁。」

（刺拳……!剛才這一拳嗎……!?）

不、他剛才的架勢的確是刺拳，史黛菈也以雙眼確認過了。

但是劍上感受到的衝擊完全不符合刺拳的印象。

這一拳異常堅硬，又異常沉重。

甚至連巨龍的臂力都無法接下。

史黛菈第一次體會到這麼快速、強韌又笨重的一擊。

這股威力甚至遠遠超越她曾經的強敵——黑鐵王馬。

（這一拳怎麼可能只是拿來測距離或抓步調……!）

骨頭仍然隱隱作痛，述說這股威力的餘波。

這種刺拳（攻擊）一拳都接不了。

要是直接命中身體，恐怕一擊就能徹底粉碎頭蓋骨……!

「看好了!還沒完啊!」

「!」

納西姆再次拉近距離，出拳進攻。

史黛菈提防納西姆破壞力非同小可的刺拳，加強防守。

她以〈妃龍罪劍〉為盾小心抵擋，避免直接接下任何一拳。

第一擊只是因為攻擊力超乎預期，才會連同身體一起被擊飛——

（都已經知道攻擊有多重，就有辦法防禦！）

她沉下腰，踩穩腳步，小心應付。

然後她靜靜等待。

等著敵人不耐煩，打算施展大招的一瞬間。

她會在那一剎那攻守互換。

不過史黛菈的計謀——

「想得美！」

對納西姆並不管用。

納西姆一見到史黛菈加強防守，便從刺拳的攻擊範圍向前踏步。

他拉近半步距離，由中距離切換到近距離，同時拉回拳頭。

——左手肘垂到側腹。

史黛菈頓時一陣戰慄。

（糟了！他改變角度了！）

但為時已晚。

史黛菈的防備全是針對正拳，她無法承擔由下而上襲來的拳頭。

哐噹！

沉重的金屬音響起，史黛菈的〈妃龍罪劍〉直接脫手飛起。

納吉姆迅速拉回左拳，直接打向毫無防備的史黛菈——

「去！」

染血的拳頭直接命中史黛菈的臉部。

史黛菈噴灑鮮血，上半身後仰，直接被力道彈向後方。

她維持仰頭的姿勢——

「——唔——！」

卻沒有倒下。

史黛菈踩碎柏油路面，拒絕倒地。

額頭裂開，湧出的鮮血染紅了臉龐，雙眼的鬥志之火仍未熄滅。

史黛菈並沒有因此失去性命與意識。

這狀況當然有其原因，納西姆也實際確認原因是什麼。

「呵、不在命中的瞬間繃緊身軀，反而刻意放鬆讓身體彈飛，扼殺力道。挺會耍小聰明的。」

越堅硬的物體越脆弱。

一旦緊繃身軀承接衝擊，反而容易受到嚴重的損傷。

反之，不抵抗衝擊，如隨風搖曳的柳葉一般順從衝擊，就能緩解力道。

黑鐵一輝與史黛菈交手時，曾數次利用這種方式迴避攻擊。

史黛菈在剎那間依樣畫葫蘆，模仿了這一招。

不過——

「看來是沒完全消化掉。」

「唔、呃……！」

史黛菈的身軀一晃。

一陣眼冒金星。

她確實扼殺了一部分力道，使攻擊不足以致命，不過——

（果然、沒辦法做得跟、一輝一樣好啊……）

無論她如何想放鬆，攻擊命中的瞬間還是會施力。

身體下意識緊繃。

說到底，面對可能致命的攻擊還要放鬆全身，這可是超人般的技巧。

史黛菈的才能再怎麼優秀，臨陣磨槍終究效果有限。

不過，她雖然付出不小的代價，還是弄清楚一件事。

納西姆的拳頭既快又重——而且硬得可怕。

速度、攻擊力全都超越一般水準。

即便如此──

（不正面硬接，還不至於傷及性命……！）

只要攻擊沒有完全命中，自己就撐得住。

她還有方法進攻……！

「呵呵、眼神倒是還很有鬥志。很好、很好，這才值得我揍啊！」

納西姆見史黛菈戰意十足，再次向前踏進。

並對史黛菈施展密集如彈幕的連續刺拳！

「哼──！」

「……！」

史黛菈與方才相同，擺出架勢徹底防禦。

難道她打算接下所有攻擊，直到刺拳的力道減弱為止？

納西姆見狀──

「還學不乖啊！」

他以行動譏諷史黛菈的決定，再次重複方才的模式。

擊出刺拳牽制，同時前進半步。

從中距離轉移至近距離，踏進鉤拳、上鉤拳的距離，壓低手肘改變拳擊角度，準備彈開史黛菈的防禦。

而史黛菈——就在等這一刻！

「什麼……」

納西姆吃了一驚。

納西姆將拳頭拉到側腹時，史黛菈趁機主動衝上前方。

她十分清楚自己的敗筆。

放鬆。

她用過一次就確實了解到，這一招的原理不適合自己。

以柔克剛。

這宗旨原本就不合乎自己的性格。

戰鬥即為力量之爭。

不該鬆勁，而是灌注更多力量。

唯有剛強，才能克剛。

那麼自己就該盡情使力。

繃緊全身肌肉，固定關節，將自身化為巨石——

史黛菈以自己的額頭撞上納西姆正要揮出的拳頭。

沒錯，**是在他揮出之前**。

上鉤拳必須動用全身韌帶施勁。

史黛菈迫使這一拳錯開施力時機，力道雖然敲裂頭蓋骨，但還不足以打穿骨頭。

納西姆反被壓制。

史黛菈的頭槌彈開納西姆的拳頭，使他身軀一陣不穩。

這一瞬間的破綻——

「就是現在——!!!」

史黛菈絕不會放過。

手中的〈妃龍罪劍〉放棄防備，早在斜下方等著進攻。

史黛菈奮力揮劍，從〈沙漠死神〉納西姆・薩利姆的左側腹一劍劈向右肩。

◆◇◆◇◆

〈妃龍罪劍〉將納西姆的身體一刀兩斷。

撕裂肌肉、斬斷臟腑、砍斷背脊，賦予他無可比擬的破壞。

原本應該是如此——

「——咦？」

劈砍的手感令史黛菈心中一驚。

〈妃龍罪劍〉確實斬斷納西姆的身體。

她親眼目睹他的身體斜向分離、斷成兩半的一瞬間。

但是，撕裂肌肉的觸感、臟腑柔軟的彈性、骨頭斷裂的手感——她什麼都沒感覺到。

劍上只傳來砍過細沙的細碎觸感。

而且，納西姆的身體沒有流出一滴血。

（怎麼可能！）

史黛菈像是想否定眼前莫名其妙的現象，胡亂揮動巨劍。

砍斷首級、刺穿心臟，連同雙手一劍劈開身軀。

劍刃流暢地滑過納西姆的身體，毫無阻礙。

但也只有如此。

史黛菈即便將對方碎屍萬段，仍然感受不到斬斷肉體的手感，對方也不流一滴血，分開的身軀像是倒帶似地恢復原狀。

這種現象——似曾相識。

（這、該不會是——！）

下一秒，史黛菈的眼前一黑。

猛然一瞧，納西姆趁史黛菈一時慌亂，舉起左手湊近她眼前，拇指勾著中指——

（糟——）

緊接著，納西姆彈中她的額頭，史黛菈直接撞上路旁店鋪的牆壁，直接撞穿數棟建築物，栽進兩條巷子外的水泥磚牆。

「咕、唔……」

史黛菈提防追擊，立刻打算站起身。

但是她剛要撐起膝蓋，身體便一陣癱軟，跌坐在地。

納西姆彈中她龜裂的頭蓋骨，使她的腦部猛烈震盪。

意識劇烈閃爍，眼前搖搖晃晃，彷彿身在暴風雨中的帆船上。

她光是坐起身就耗盡了全力。

納西姆慢悠悠地鑽過史黛菈撞開的隧道，來到她面前。

「看妳有膽衝到我的拳頭前面，是該鼓勵鼓勵，不過妳這是名副其實的白費力氣。就像妳看到的，老子可是『不死之身』啊。」

納西姆大肆譏笑史黛菈徒勞無功。

史黛菈則是靠著水泥磚牆，勉強站起身。

「……只要我能贏你，要我浪費多少力氣都甘願。」

血流滿面的臉龐無畏地揚起笑容。

「哦?都變成這副鳥樣還想贏我?」

「……當然，你現在還表現得一派輕鬆，但我已經一步步逼近你的性命……至少就在剛才，我已經完全掌握你的能力了。」

堅硬無比的拳頭。

利刃無法撕裂的身軀。

他的真面目便是——

「你的能力是自然干涉系——操縱『沙』的能力。」

「……！」

「你以〈魔人〉的龐大魔力強化之後，拳頭才會非比尋常的沉重；而硬度呢？應該是在毆打前一刻將沙子凝聚、硬化後包覆在拳頭外側；身體會不受斬擊傷害，是因為你在被砍的瞬間將身體化為沙粒，卸除了攻擊力道……！我說得沒錯吧！」

史黛菈肯定地說道。

因為她曾經見過相同的招數。

那就是黑鐵珠雫的〈水色輪迴〉。

「三流騙子，什麼『不死之身』啊。能將自己的身體化成粒子，代表你的魔力控制能力十分出色，但只要知道原理就有成千上萬個——」

辦法能對付你。

正當史黛菈好強地解釋——

「……呵呵呵、哈哈哈哈！」

納西姆忽然按捺不住，放聲大笑。

「有、有什麼好笑的……？」

敵人的反應太過詭異，史黛菈不由得繃緊神經。

納西姆對此則是──

「妳問有什麼好笑的？當然好笑了。居然說老子的能力是操控『沙』？還真是小瞧我了啊……這下我有必要讓妳見識見識，為什麼我會人稱〈沙漠死神〉。妳說是吧──〈乾涸死靈(Toxcatl)〉啊。」

他的動作十分緩慢。

這個男人出現在史黛菈等人眼前之後──

第一次拔出藏在大衣口袋中的右手。

在那一剎那──

「～～～～～～～～～～～～～～～～～～～～～～～～～～～～～～～～～～～!!!!」

史黛菈──落荒而逃。

她生出火焰雙翼代替無法動彈的雙腳，振翅撲向一旁，連滾帶爬地從納西姆身旁拉開十公尺左右的距離。

恐懼早已灰飛煙滅。

她下定決心，為了守護一切，絕不退讓。

她明明做好覺悟。

但是——

現在她滿腦子只想著逃跑。

（那隻、右手、到底是怎麼回事……！）

納西姆從口袋中拔出右手的一瞬間，史黛菈明白了。

這個男人身上的不祥氣息。

其真面目便是——

——屍臭。

這並不是指真正的臭味。

而是濃密無比、永遠無法抹除的死亡氣息。

納西姆的右手上緊緊纏繞著這股氣息。

猶如陰魂不散的怨靈。

氣息在吶喊。

遺憾、詛咒、痛楚。

甚至〈傀儡王〉歐爾・格爾身上的屍臭都沒有濃烈到這種地步。

他究竟……究竟親手打死了幾萬人、不、幾十萬人，右手才會附著如此濃厚的死亡氣息，依附如此深刻的遺恨？

「哈哈、妳腦子不靈光，資質倒是一流的。看來用不著我說，妳已經明白我拔出『右手』代表什麼意思……」

「……！」

「逃也沒屁用。妳逃到哪都一樣──**我會幹掉所有人**。」

納西姆說完，高舉右拳。

下一秒，以拳頭為中心開始聚集龐大的魔力，掀起沙塵風暴。

他擺出這個架勢究竟有何打算？史黛菈並不清楚。

但是──眼看屍臭更加濃烈，死亡氣息密集到令人作嘔的程度，種種現象讓她徹底明白。

這個男人的每一句話都不是在虛張聲勢。

高舉的拳頭彷彿體現出「趕盡殺絕」的概念。

當拳頭一落，將殘酷地奪去數千、數萬條無辜的生命。

沒錯，就如同他拳頭上無數怨念的源頭。

現在不制止這個男人，一定會引發慘劇。

（一定要、阻止他……！）

但是──身體無法動彈。

無論心靈如何逼迫身體前進，身體、血液、全身每一顆細胞都畏縮不前。

這現象理所當然。

染血的戰績（現實）烙印在眼前人的拳頭上。

單憑情感振奮起的些微勇氣，如何能與之相提並論？

可能性實在過於微小、渺茫。

（該怎麼做……！到底該怎麼辦……！）

而納西姆不會慢慢等史黛菈做出決定。

殘酷地——

無情地——

〈沙漠死神〉的拳頭砸向法米利昂的土地——

◆◇◆◇◆

就在此時，場景回到弗雷雅維格的皇宮——

「有、有入侵者！」

「包圍她！所有人一起制伏她！絕不能讓她接近國王一分一毫！」

這名身穿漆黑禮服的女子突然間出現在皇宮內。衛兵們一發現她，同時撲上前去。

不過女子不為所動，靜靜捏住花束的根部——

一把剝下所有花瓣。

接著將花瓣灑向四周。

下一秒——

「——呃……」

衛兵們還來不及拘捕這名自稱艾茵的女子，便接二連三倒在地上。

「這、是、什麼……」

「身體……發麻……」

倒下的不只衛兵。

在房內操作螢幕、轉播戰況的眾多女僕；

甚至連阿斯特蕾亞都全身麻痺，身體不聽使喚，跪倒在地。

「嗚……這是、花朵的、香味……？可是——」

「嗯哼哼，王妃殿下，您猜得沒錯。這並非普通的白百合。」

艾茵見阿斯特蕾亞察覺花香的異狀——

「我的子宮中埋著『種子』靈裝——〈阿斯塔蘿黛(Astarotte)〉，這種花正是與靈裝配種後誕生的魔法花朵〈睡美人(Sleeping beauty)〉。這孩子很厲害呢，這孩子的花粉之中含有麻痺性貝毒等毒素的氣膠，人體只要吸入花粉就無法動彈。」

艾茵自豪地解釋著。這種花只用一朵就能麻痺整頭非洲象。

而她剛才把整把花束都灑在房間裡，區區人類自然無法自由活動。

沒錯，本來應該是如此——

「但是——」

「〈炙焰大斧〉————————!!!!」

纏繞紅焰烈火的斧頭一劈而下。艾茵猛地向後跳去，閃過攻擊。

「真不愧是〈紅蓮皇女〉的父親，居然沒有倒下呢。」

席琉斯一斧劈碎艾茵上一秒所站的大理石地板，地面整個崩塌。艾茵見狀，開口稱讚席琉斯。

席琉斯則是露出惡鬼般的神情，大肆咆哮：

「妳這臭娘們！看來那個莫名掀起戰爭的臭小鬼跟妳同夥啊！竟敢在我的地盤胡來，你們到底有什麼企圖!!！」

他們到底打算在法米利昂、在奎多蘭做什麼？

他們的行動有何目的？

艾茵面對席琉斯的質問——

「您問有什麼企圖嗎？」

她歪頭疑惑，默默思考了良久。

經過許久，她給出答案。

「是呢……硬要提出一個理由的話——因為無聊。」

「妳、妳胡說什麼……」

「我很喜歡花。

春季特有、形狀可愛的鬱金香；

夏季大朵盛開的向日葵；

點綴秋季、嬌小惹人憐的波斯菊；

妝點冬季、傲首綻放的瓜葉菊。

每一種花朵都令人難以割捨，只是觀看欣賞，內心就會十分幸福。

其中，吸取人血後盛開的玫瑰更是特別美麗呢。」

「──！」

「那花的美麗可說是人類的生命結晶，牢牢擄獲了我的心。

我只是想欣賞那種玫瑰，盡情地，隨心所欲地觀賞那些花朵。

原本〈解放軍〉應該能達成我的心願。

〈解放軍〉曾經為了理想的世界賭命奮戰，但那已經是很久以前的事了。

現在的〈解放軍〉早已遭到既得利益者占據，淪為榨取錢財的道具，被政商界那些擅長陰謀詭計的傢伙利用，殺人委託也逐漸減少。我的老家也一樣無趣，那群老頑固總是說什麼『客戶至上』，我越聽越厭煩。

就在這個時候，〈傀儡王〉邀請我參與這場慶典。

他問我想不想在這個世界上活得更加愉快。

我當然答應了。

沒有理由拒絕嘛。

因為——假如能用各位的性命培育玫瑰，讓法米利昂與奎多蘭的大地鋪上一層玫瑰拼成的紅毯，看起來一定非常美妙啊!?」

「〈焰魔寶劍〉——!!!」

艾茵語帶陶醉地暢談著。席琉斯聽完，施放火焰斬擊做為回應。

「討厭，真危險。這個國家的國王真沒禮貌，人家話才說到一半就拿刀砍過來。」

「夠了！孤徹底明白了！妳不過是個瘋婆子，不值得孤多費口舌！看孤劈開妳，讓妳再也吐不出那些瘋言瘋語！」

艾茵想利用這個國家的國民，達成她的心願，但那實在令人毛骨悚然。

席琉斯的憤怒早已沸騰。

他一腳踏碎大理石地板，逼近艾茵。

他要砍下這女人的頭，狠狠踩碎，讓她再也說不出半句話。

艾茵見狀——

「唉、真是的。看來您跟外表一樣野蠻，完全不懂花兒的美麗，沒辦法好好溝通呢。」

她面露無奈——脫下覆蓋至右手上臂的黑色長手套。

緊接著，艾茵裸露的右手肌肉**裂開大縫**，體內伸出一條長滿銳利尖刺的荊棘——

「〈荊棘鞭笞（Rose Whip）〉。」

荊棘劃破天空，化為無數長鞭襲向遠方的席琉斯。

「呃啊啊啊啊啊啊啊!!!!」

長鞭攻擊射程遠，層層重疊，不易判讀軌道，難以閃避。

一般長鞭就如此難對付。

艾茵的〈荊棘鞭笞〉更是快得肉眼無法追蹤，荊棘本身又像是擁有自我意識，完全無法閃躲。

帶有尖刺的長鞭擊中席琉斯，他的全身頓時噴出血花，向前摔倒在地。

「爸爸——！」

席琉斯聽見阿斯特蕾亞的慘叫，立刻以雙手撐起身體想站起身，但隨即又重重倒向地面。

手腳使不上力。

艾茵方才施展鞭打，以尖刺準確撕裂席琉斯的手腳肌腱。

艾茵面對動彈不得的席琉斯——

「您好歹是兩個女兒的父親，真希望您能稍微體會女人熱愛花草的心情呢。」

她一邊抱怨——一邊揚起嗜虐成性的獰笑：

「而且我不討厭您粗魯的外貌呢。美感的世界中有個名詞叫做『調和』，刻意用造型醜陋的花盆襯托玫瑰的美麗。」

「……！」

艾茵笑著，同時將左手手掌轉向上方。

一朵花苞刺穿手掌肌肉與衣服，鑽了出來。

接著花苞彷彿快轉似的，以驚人的速度成長、開花。

一朵鮮紅的玫瑰隨即綻放。

玫瑰不久就凋謝，留下種子。

艾茵握住了種子——

「來，首先是席琉斯王，讓我好好欣賞您開出的花朵吧。」

將人類當作活生生的花盆，吸吮其鮮血與生命開花結果，恐怖至極的魔法花朵——

「優美地綻放吧——〈吸血女王(Bloody Mary)〉。」

她將種子彈向席琉斯。

種子將會鑽進席琉斯綻裂的鞭傷，啜飲鮮血，轉眼之間成長茁壯。

荊棘藤蔓會伸進他體內，從內部切斷神經，奪走對方的行動能力，瞬間將他轉化為活花盆。

最後，他的生命之花將會豔麗地盛開。

沒錯，原本應該會如此演變。

「——!?」

「欸？」

種子**撞上了透明的牆壁**，反彈至另一個方向。

同一時間——阿斯特蕾亞身旁的其中一名女僕站起身，以異於常人的速度奔馳，如箭矢般逼近艾茵。

「還有埋伏!?真是沒規矩……！」

她沒料到有伏兵見到自家國王受重傷還能按捺得住，所以沒特別提防。

艾茵神情震驚，但訝異並未拖住她的行動，她隨即展開迎擊。

她施展剛才攻擊席琉斯的招數——

以〈荊棘鞭笞〉施予無數鞭打！

艾茵瞄準對方的雙腳，打算直接斬斷。

不過所有攻擊就和剛才的種子一樣，在觸及女僕身體之前就一一彈開。

然而——

（——不對、她不是法米利昂的埋伏。這股能力是——！）

〈荊棘鞭笞〉與種子不同，荊棘連接著手臂，沿著荊棘傳來的這股衝擊——

女僕正好踏入攻擊範圍，她揮舞手中**形狀特殊的靈裝**——

艾茵赫然察覺。

——自己認得這女人。

斬擊帶著尖銳聲響，迎面而來。她在千鈞一髮之際退向後方，躲過攻擊。

接著——

「……哎呀呀，真令我吃驚。我沒想到會在法米利昂見到妳呢。」

她對女僕說道，語氣甚是親密。女僕手持**電鋸**砍斷艾茵的荊棘。

「妳偽裝成女僕混進這裡做什麼呢？菲亞……不對，妳現在的名字好像叫做『多多良幽衣』，沒錯吧？」

這名「殺手」曾以曉學園代表的身分參加不久前的〈七星劍武祭〉，現在又假扮成法米利昂的女僕。黑髮少女聞言，語氣更是藏不住的焦躁，她不屑地回答艾茵：

「妳問我在做什麼？我才想問妳咧——**混蛋大姊**。」

◆◇◆◇◆

多多良好不容易擺脫興趣缺缺的任務，從日本回到自己從小長大的老家。當她打開門……一句話都說不出來。

父母、姊姊、所有人全在家中遭到殘殺。

而且手法很不尋常。

他們全身上下每一個洞口**都長滿玫瑰，就這樣死去**。

多多良仔細檢查腐爛的屍體，發現所有人的直接死因，幾乎都是咬斷舌頭導致出血過多身亡，或是自己撞柱子撞到大腦挫傷而死。

也就是說，所有人都是自殺身亡。

沒錯，他們原本還活著。

他們體內發芽的荊棘撕裂肌肉、擠出內臟、捅破眼球與耳膜，全身上下所有孔洞擠滿了玫瑰花。即使如此，他們還是活著。

但是他們無法忍受如此殘酷、痛苦的餘生，因此全都自我了斷。

多多良從現場狀況就能判斷這一點。

──而這世界上只有一個人會使用這麼惡劣的「殺人方式」。

她馬上就看出是誰下手。

於是──多多良追蹤那名**熟悉的內賊**，率先推測對方的想法，假扮成女僕守株待兔。

直到〈惡之華〉出現在自己眼前。

「從以前我就很不爽妳的行為了。給妳工作，結果妳連目標以外的人都殺光；沒工作的時候又擅自跑去殺人……不過這次也玩得太過火了吧？啊啊!?」

多多良舉起不斷低吼的電鋸型靈裝——〈掠地蜈蚣〉，怒不可抑地將刀刃指向艾茵。

艾茵的表情仍舊從容，她聳了聳肩。

「嗯哼哼，原來如此，所以妳才追過來了呀。我以為已經充分清理行蹤了，但還是騙不過師出同門的同行呢。我讓老家那群無聊至極的傢伙**開滿花朵**，妳就跑來追我……代表妳是想幫他們報仇嗎？真孝順呢。」

「嗄？妳說什麼鬼話？」

「哎呀？不是嗎？我實在太討厭那夥人了，所以就用最悽慘的方式殺了他們。妳不是看了生氣才跑來報仇嗎？」

「誰鳥他們，他們怎麼死又不關我的事。」

「……真無情呢。」

「我們是殺手，哪能死得多安穩啊。爸媽、其他姊姊的確都死得悽慘無比，不是人類該有的死法，但這也只是報應而已。這下場很適合他們。」

多多良的這番話全都是真心話。

他們靠殺人賺錢。

擅自買賣他人的性命換取金錢。

即便是被自己的孩子背叛，慘死在親生女兒手上，也是死不足惜。

事實上，多多良根本不覺得死去的父母與其他姊姊可憐。

她會來追殺艾茵只是因為——

「……妳想幹掉家裡的人我管不著，**但是妳居然連客戶都下手，到底在想什麼？**再怎麼瘋也要有個限度……！殺手可是世界上最講信用的行業，結果妳居然在我們……〈闇獄之家(Abgrund)〉的信用上留下汙點，這汙點只能用妳的血來大清特清。所以我是以專業殺手的身分來做個了斷，就是這麼回事！」

自己是〈闇獄之家〉的殺手，所以就由自己親手解決〈惡之華〉。

藉此取回〈闇獄之家〉的信用。

艾茵聞言，瞪圓了雙眼，似乎感到十分意外。

「哎呀呀，我已經殺光〈闇獄之家〉的所有人，只留下妳而已，妳卻為了家裡的信用而戰。愛哭鬼菲亞也獨當一面了，姊姊好欣慰呀。不過——」

艾茵淡淡一笑——

「我倒要拭目以待，看妳是否真能摘下這朵〈惡之華〉？」

艾茵輕佻地說完這句話一瞬間，全身伸出細細的影子。

那是荊棘。

背上、裙襬內接連伸出無數荊棘，每根荊棘都長著沾滿鮮血的尖刺。

緊接著，荊棘的殺氣湧向多多良。

彷彿無數彎曲的蛇頭。

這正是〈惡之華〉的臨戰姿態。

多多良深知對方的模樣——

「妳還是那個死樣子，一點也沒變。輕視所有人，以為一切都會如妳所願……不過呢，妳這次倒是誤會大了咧。」

「妳是指什麼呢？」

「就是說妳這次別想稱心如意！我、還有**那些傢伙**都不會順著妳的……！」

她說完，側眼看向仍未關閉的螢幕。

艾茵注意到多多良的視線，也跟著看去。

然而這一刻，戰場上出現重大變化。

◆◇◆◇◆

天空即將墜落在倒地的黑鐵一輝上方。

不、乍看之下是天空，其實是披風男巨人的鞋底。

一輝刺傷了這個男人的眼睛，而他幻化成超過三百公尺高的巨人，氣憤地想踩扁一輝。

一輝見狀——

（糟、糕了！）

再不想辦法脫困，他就死定了。

但是他根本無力脫逃。

魔力耗盡，身體也超過極限。

他勉強坐起身，但全身骨頭碎裂，無法自由驅動手腳。

他想拖著身軀爬離現場，但是男人的腳掌太大。

他怎麼也逃不了。

該如何是好──

現在的一輝甚至無暇思考。

眼看男巨人無情地踩毀一輝的世界──

「趕上了。」

「！」

一輝無計可施，甚至做好赴死的覺悟。然而就在這個剎那──

他忽然聽見後方有說話聲，一陣風掠過身旁，跳出來擋在他身前。

「啊──」

一輝認得那身莊重的漆黑鎧甲。

沒錯，〈黑騎士〉艾莉絲·阿斯卡里德在危急時刻趕來救人。

接著——

「——哈、啊啊啊啊啊啊啊啊啊!!!」

她手持戰斧，直接敲向即將落下的大腳。

她卯足全力。

打算直接將男巨人的腳推回去。

——她太魯莽了。

與高聳入天的男巨人相比，她顯得太過渺小。

彷彿一隻螞蟻妄想搬起象腳。

不可能辦得到。

史黛菈或許有可能做到，但〈黑騎士〉並沒有重現巨龍的能力。

從她脫下鎧甲時的體格推測，她的臂力以女性來說確實十分驚人，但還不足以撐起那片即將落下的天花板。

絕對不可能。

就連一輝都這麼心想。

但是——

『咕、唔嗚!?』

（這……！）

巨人的鞋底撞上〈黑騎士〉阿斯卡里德高舉的戰斧，不可思議地停了下來。

螞蟻與大象互相抗衡著。

——為什麼？

一輝隨即明白答案。

〈黑騎士〉接下巨人的大腳後——

壓力不斷擠壓，烏黑的鎧甲縫隙噴灑大量鮮血。

她的皮膚、肌肉、骨骼撐不住巨人的重量，逐漸被壓碎、毀壞。

但即使粉身碎骨，〈黑騎士〉的雙膝仍未落地。

她的背脊仍然挺立著。

巨人只壓碎阿斯卡里德腳下的地面。

一輝曾藉助〈無敵甲冑〉的恢復力，現在這份治癒力超越重壓帶來的傷害，不斷使她的身體再生。因此〈黑騎士〉絕不投降，絕不屈服。

最後她終於——

「哈啊啊啊啊啊啊啊啊啊啊啊啊啊啊!!!!」

阿斯卡里德名副其實地卯足全力，使勁推回這片墜落的天花板。

戰斧劃過，斬擊撕裂巨人的鞋底，深深劈開巨腳，鮮血之雨隨之落下。

『好、痛啊啊啊啊啊啊啊！』

巨人痛得大叫，直接摔倒。

巨人這一倒大肆破壞了城鎮。幸虧一輝將他引誘到毫無人煙的地方，所有人平安無事。

其中也包括一輝的性命。

「沒事？」

「……沒事，託您的福。」

一輝聽見阿斯卡里德關心他的狀況，點頭回答了她。

接著——

「我剛剛才真正明白，為何您會擁有〈不屈〉之名。」

他不禁讚嘆她方才展現的實力。

一輝心想。

這份能力彷彿象徵著脫離命運之環的〈魔人〉。

這股力量面對如此龐大的破壞力，仍然堅忍不拔。

iPS再生囊根本比不上她的治癒能力。

一般外傷不可能殺得了阿斯卡里德。

——太強了。

這就是冠上〈魔人〉之名的力量。

『好痛、好痛啊啊啊啊啊！我生氣了喔喔喔喔喔喔喔喔!!』

但一輝沒時間繼續欽佩阿斯卡里德。

巨人氣得滿臉鼻涕眼淚，再次打算站起身。

「阿斯卡里德小姐！他又要攻擊了！」

不過，阿斯卡里德聽見一輝的警告——

「沒關係。」

她只淡淡答了一句，不為所動。

——接著將手上的戰斧插進地面，放開了武器。

她究竟有什麼打算？

阿斯卡里德不顧吃驚的一輝，脫下頭盔露出真面目——

左右異色的雙瞳向上望著巨人——

「不要再胡鬧了。」

她只說了這句話，語氣像是在責罵幼小的孩童。

『唔——！』

下一秒發生的現象，簡直令人難以置信。

巨人挨了罵，憤怒的神情忽然一垮，臉色發青——

『對、對不、對不起啦啊啊啊～～～嗚嗚嗚嗚嗚!!』

他哭了出來，轉過身，伴隨著「碰咚、碰咚」的地鳴聲，邁步逃離現場。

一輝實在搞不懂狀況，只能啞口無言。

「逃、走了……？為、為什麼……？」

阿斯卡里德回答一輝的疑惑。

「那傢伙的名字是〈B‧B〉——正確來說應該是〈BIG BABY〉。他外表看起來巨大，力量也很強，但真面目只是〈解放軍〉撿到的五歲小孩。」

「五、五歲!?」

「沒錯，所以用說的比出手攻擊更有效。」

半吊子的反擊反而會讓他惱羞成怒，更想撲上來攻擊。

阿斯卡里德解釋道，再次戴上頭盔，拿起戰斧。

就在此時——

「欸？」

戰場發生了比巨人逃跑更驚人的變化。

法米利昂的天空中，原本密布的烏雲忽然**煙消雲散**。

「怎、怎麼了!?天空突然——～～～～～～～～!?」

緊接著，包藏沙礫的陣風猛地衝撞一輝等人。

這陣強風甚至能輕易捲走瓦礫或車子。

他們只要有一絲鬆懈，馬上就會被風捲走。在這片令人窒息的沙暴中——

「……太好了。」

阿斯卡里德文風不動地立在風暴之中，語帶安心地說道：

「最棒的幫手終於抵達了呢。」

◆◇◆◇◆

（雲被、捲走了……？）

身在西部大道上的史黛菈同樣察覺到突如其來的天候變化。

同時，她也發現了原因。

（隕……石!?）

沒錯，一塊因為空氣阻力燒得火紅的巨石打散了烏雲。

黃昏映照下的隕石，目測直徑至少超過二十公尺。

帶著壓倒性破壞力的天災筆直朝著史黛菈——

不、是朝著史黛菈面前的〈沙漠死神〉墜落。

有可能發生這種巧合？

史黛菈驚訝過度，傻傻地望著天空——

納西姆亦同——

「呿！」

眼看纏繞沙風暴的右拳即將落在法米利昂的大地上，他卻不得不停下。

戰車的大砲根本無法比擬。

他要是直接硬接那玩意，伐刀者也會瞬間斃命。

但是他已經不可能閃避。

隕石早已到達終端速度，不可能逃得掉。

於是納西姆仰望即將落下的隕石——

當隕石逼近眼前的瞬間——

「〈終末爆擊（Dead End Blow）〉————!!!!」

他將原本毀滅法米利昂大地的力量打向隕石。

傾盡全力的直拳直衝天際。

——這反擊多麼無力。

毆打墜落的隕石又能如何？

隕石會在一瞬間擊碎拳頭，同時壓垮他的全身。

無法動搖。

彼此的力量差距無可撼動。

不過——隕石墜落帶來的衝擊不只壓垮納西姆。

「呀啊啊啊啊——!!!!」

下一秒，混雜沙礫的暴風吹襲四周。

史黛菈距離墜落地點極近，墜落的衝擊輕易拋飛她。

她無法抵抗。

甚至無力睜開雙眼。

史黛菈緊閉著眼，一味等待力量的暴風呼嘯而過。

她好不容易等到衝擊波停歇，睜開雙眼。

接著，她看見了那一幕。

以墜落地點為中心的方圓一百公尺內。建築物、車子、柏油路面，爆炸捲走範圍內的一切，徒留滿布細砂的荒地。

「…………！到底、發生什麼事……」

爆炸中心冉冉飄起附著沙礫的煙霧。

史黛菈凝視著那股煙霧，一時說不出任何話。

這是上天相助？

偶然帶來的天災也助了法米利昂一臂之力？

「真有可能發生這種巧合……？」

「不、天底下才沒這麼巧咧。」

「！」

史黛菈身後傳來一句否定。

史黛菈一驚，隨即轉過身去——

「嗨，史黛菈，妳被搞成醜八怪了呀。這可不能讓黑鐵小弟看見呢。」

一名身穿鮮豔和服的少女正頑皮地嘻笑著。

——不，她並非少女。

史黛菈知道這名嬌小女子的真實身分。

「寧、寧音老師!?」

沒錯，史黛菈身後的女子正是她的留學地點——日本破軍學園的兼任教師，她去年在〈魔法騎士聯盟〉主辦的ＫＯＫ．Ａ級聯盟留下排行第三的好成績，是世界屈指可數的強者。史黛菈自己也曾短暫拜她為師。她的名字正是——〈夜叉姬〉西京寧音。

史黛菈認出她的瞬間，也明白方才發生的一連串天災地變從何而來。

〈夜叉姬〉的能力是控制重力。她能夠利用重力，吸引大氣層外的太空垃圾砸向敵人。

其名為──〈霸道天星〉。

聯盟將這項伐刀絕技歸為〈指定禁技〉，唯有緊急時刻才允許使用。

她剛才應該就是以能力拖下來那顆隕石。

不過──

「為、為什麼寧音老師會在法米利昂!?」

「法米利昂是聯盟加盟國嘛。妾身在老師、選手的身分之外，可是一名魔法騎士，當然會在這裡囉。」

聯盟本身是為了互相扶持而存在。

既然如此，聯盟旗下的〈魔法騎士〉自然有理由介入緊急狀況，協助法米利昂脫困。

「不只是妾身，聯盟的〈宰相〉針對這次紛爭，早已調動所有可動用的〈魔法騎士〉，召集各國軍隊。再過不了多久，**多達百萬的援軍就會抵達這裡啦**。」

「一百萬……！居然這麼多！」

「不過妾身沒那種閒工夫慢慢等，就先搭隕石過來了。」

寧音回答史黛菈的疑問之後，深感同情地對她露出苦笑：

「不過呀，史黛菈也真衰呢。難得的暑假居然被這麼麻煩的傢伙纏上……某人的衰運是不是傳染給妳啦？」

「……我可笑不出來，但還是謝謝妳救了我。」

「嗯？妳在說什麼？妳根本還沒得救呢。這點程度才打不死那傢伙。」

「──欸？」

寧音這麼一提，史黛菈難以置信地望向飄起沙煙的墜落地點。

風緩緩帶走塵埃，爆炸中心漸漸清晰──

〈沙漠死神〉毫髮無傷地佇立在原地。

「不會、吧……他居然單靠蠻力打贏隕石嗎!?」

史黛菈臉上盡是藏不住的驚恐。

她雖然對自己的力量很有自信，但也不認為自己真的有能力直接擊碎〈夜叉姬〉的〈霸道天星〉。

史黛菈震驚不已，而她身旁的寧音則是──

「他不是用蠻力就是了……不過啊，我沒想過這一擊有辦法擊斃他，但居然連一點擦傷都沒留下，這有點傷到妾身的自尊心。該說不愧是世界最強的戰爭專家嗎？」

她一見到敵人沒事，便厭煩地嘆了口氣，感嘆這次出差似乎得花不少力氣。

「唯一值得慶幸的是對方長得還算俊美。看看他滿臉的鬍碴，上了年紀仍然毛躁的性格，挺狂野的，很合妾身的胃口……怎麼樣？別理這種小孩子（小丫頭），要不要跟妾身玩玩呢？」

寧音緩緩走向納西姆，語氣輕佻地說道。

納西姆則是傻了眼似地回答：

「是〈夜叉姬〉寧音啊，還真的跟傳聞一樣下手不知輕重。我要是擋不住，這一帶的渣渣們不就死一片了。」

「隨手一發偷襲怎麼可能讓你老實就範？妾身不喜歡提那些不可能發生的假設，我們應該充分享受兩人時光呢。」

「呵呵，好一個瘋婆娘，當〈魔法騎士〉倒是可惜妳了。我不討厭這種類型。」

納西姆聽完寧音的回答，輕笑幾聲，邁步走向寧音。

雙方來到足以觸及對方衣襟的距離。

納西姆忽然伸手抓住寧音的和服——

——一把將衣襟扯到肩膀。

接著他俯視著寧音那對不合年齡的嬌小玉乳——

「抱歉啦，我對小鬼沒興趣。」

一開口就是輕蔑。

史黛菈在一旁見到他失禮至極的舉動，不禁語塞。

另一方面，被汙辱的寧音則是——

「別這麼冷淡嘛。」

她不顧裸露的胸口，猙獰地露齒笑道：

「妾身倒是最愛看你這種裝模作樣的混蛋，最後在妾身雙腿下『咿、咿』哭叫著受不了呢。」

她挑逗似地輕撫過納西姆抓住和服的右手，緩緩愛撫手上每一根汗毛。

納西姆隱約有些發毛，立刻打算縮回手。

不料——

「……！」

他收不回手。

仔細一看，寧音纖細的左手正抓著納西姆的手臂。

他揮不開寧音的手。

也無法讓手化為沙子。

究竟怎麼回事？

他根本無暇思索。

砰咚一聲！

寧音的右腳掃向納西姆的側腹。

納西姆的身體被寧音一腳踢開，隨即如同砲彈般猛地撞向一旁，直接貫穿五十公尺外的建築物。這些建築物撐過沙暴吹襲，卻擋不住納西姆，他就這樣接連撞倒房屋，消失在視野之外。

史黛菈見狀不由得啞口無言。

她——不是訝異那記威力非同小可的踢擊。

寧音能操縱重力，她的臂力完全違背嬌小的外貌。

史黛菈早就親身體驗過，她不需要驚訝。

她真正吃驚的是——

「妳、妳是怎麼……」

毆打一個會化為流沙逃過刀斬的敵人？

寧音聞言——

「既然他會分散身體逃跑，那把他壓緊就成啦。」

她說著，並展現自己的左手。左手上附著著深沉到足以扭曲光線的漆黑重力場。

史黛菈明白寧音的手法，同時也發現了。

既然凝聚他的身體就能順利賦予傷害，她的熱能也辦得到。

她只要在接觸的瞬間附上足以將沙「化為玻璃」的高溫，納西姆就躲不過自己的劍。

史黛菈發現一絲希望，便再次提高〈妃龍罪劍〉的溫度。

不過——寧音卻靜靜地警告史黛菈：

「現在的史黛菈還不夠格應付那傢伙，妳最好住手。」

「什……！」

她還來不及出聲反駁。

一股低沉、厚重的爆炸聲震撼大地，同時也阻止史黛菈出聲。納西姆被踢飛的方向猛地湧現巨大的沙柱。

沙塵高聳入天。

這究竟是——還來不及思索現狀，眼前又產生下一個變化。

崩塌。

以湧現沙柱的地點為中心，城鎮裡的建築物接連倒塌。

——不、不對。

史黛菈立刻就發現了。

不是建築物倒塌。

**而是城鎮的地基本身在下陷。**

地平線逐漸陷落，彷彿被吞進流沙之中。大地漸漸吞噬西區街道以及倒在路上的奎多蘭軍。

「這、這是、那傢伙做了什麼⁉」

「……所謂的『Haboob』啊，從阿拉伯文翻譯過來就是『沙塵暴』的意思。這不只是普通的強風。

將所到之處全都『化為沙漠』，是大自然的死神呢。」

寧音的眼神蘊含著緊繃，凝視逐漸崩塌的城鎮，悄聲低語。

——她輕輕踢了踢腳，甩開腳下的天狗木屐。

天狗木屐喀啷一聲翻了過來。史黛菈一看，頓時語塞。

天狗木屐下方稍長的木齒。

有一半**變成不是沙、也不是灰塵的東西，漸漸崩解**。

「……那傢伙做為傭兵，無論是敵方還是我方，他為所有人帶來平等的毀滅。

那傢伙會奪走金錢、性命、全部的一切，所到之處徒留一堆沙礫。

只剩整片寸草不生的死亡大地。

懂了嗎？

那傢伙的『沙漠死神』之名正是源自於此。

『操作沙的能力者』？他才沒那麼可愛呢。

沙只是他能力之下的副產物。

納西姆・薩利姆的本質是……『乾涸』。

是為這顆星球帶來死亡的——人形『天災』呀。」

「——!?」

史黛菈聽完，這才明白眼前的狀況。

納西姆以「乾涸」之力破壞卡爾迪亞西區一帶的**地殼**。

就如同他擊碎〈霸道天星〉的時候。

他以能力瞬間奪走全部水分。

地殼失去水分，化為乾燥的沙礫；地層失去黏性，脆化、崩塌。

最後引發大規模的地層下陷。

也就是說——納西姆・薩利姆殺光了一切。

他殺死了這顆星球的一部分。

武器正是他的雙手。

史黛菈見識到敵人足以扼殺大地的力量，下意識一陣驚慌。

這也是當然的——奎多蘭與法米利昂雙方軍隊都聚集於此，而這名騎士擁有這種能力，萬一他在這裡拿出全力搗亂……到底會有幾萬人無辜喪命？她簡直難以想像！

絕對要避免這種狀況。

戰況卻殘忍地忽視史黛菈的擔憂——

「哼哼哼……哈哈哈哈！很好！我有多少年沒吞過這麼提神醒腦的一踢啦！」

納西姆以拇指抹去嘴角的鮮血，墨鏡後方的雙眼滿是血絲——

「我很中意妳啊，〈夜叉姬〉……！我就滿足妳，好好疼愛妳一番……！我的『乾涸』會抽乾妳，直到吸光妳最後一滴血——!!」

下一秒，納西姆直接衝向寧音。

雙手附帶著足以毀滅大地的力量。

他迅速逼近，速度遠遠快過他與史黛菈戰鬥的時候。

史黛菈心想必須盡快擊敗眼前的敵人，心急之餘貿然舉劍——

「在那裡別動。」

「——!?」

寧音小聲卻帶有威嚴的一句訓誡，忽然奪走史黛菈的行動。

這不是單純的震懾。

彷彿有隻透明的手按住史黛菈的肩膀，物理壓力牢牢封鎖史黛菈的全身。

這是某種〈伐刀絕技〉？但是寧音看起來也沒有施術的舉動。

史黛菈一臉疑惑，不知道究竟發生什麼事。

寧音則將史黛菈拋在一邊，顯現出鐵扇型態的固有靈裝〈嫣紅鳳〉。

她雙手舉起鐵扇，主動奔向納西姆。

「等……！」

等等！史黛菈的心願無法傳達給寧音。

雙方皆是名震天下的〈魔人〉。

兩名騎士都擁有足以破壞地形的能力，雙方即將展開衝突。

但這場戰鬥發生在這種擠滿無數生命的場所，一定會發生悲劇。

然而，寧音與納西姆這種等級的〈魔人〉一旦認真起來就無法克制。

眼看兩名〈魔人〉的全力一擊一觸即發。

但在衝突發生的前一刻——

「「——!?」」

唰——！一道尖銳的破風聲響起，兩人之間忽然湧現沙塵之牆。

沙牆阻卻兩人的前進。

是從天而降的巨大斬擊掀起了沙牆。

怎麼回事？所有人仰望天空—

「抱歉，在你們正開心的時候打擾你們。可以請你們先不要打了嗎？」

染上緋紅的半空中。

一名金髮青年跨坐在耀眼的金色戰馬上，身旁站著一名身穿黑色連帽外衣的矮小身影。

她不可能認錯。

金色戰馬是約翰・克里斯多夫・馮・柯布蘭德的靈裝──〈黃金戰車〉。

戴起連衣帽的少年站在空無一物的空中──他正是〈傀儡王〉歐爾・格爾。

仇敵突然出現在戰場上。這場動亂的元凶就在眼前──

「為、為什麼──」

但史黛菈的目光卻不在歐爾・格爾或約翰身上。

她聚焦在某一點。

約翰身後，一名**金桃色長髮的女子**也跨坐在戰馬上──

「露、露娜姊──!?」

她正是應該待在皇都醫院的姊姊──露娜艾絲・法米利昂。

◆◇◆◇◆

透過弗雷雅維格皇宮的螢幕，也能認出黃金戰馬上的露娜艾絲──

「露、露娜──!?為、為什麼露娜會在那種地方!?」

「難道是被綁架了……!?」

她的父母震驚不已。

另外，艾茵正透過通訊用的「絲線」對〈傀儡王〉大肆抱怨。她剛才正要攻擊多多良時，〈傀儡王〉突然制住她的行動，並且出聲制止她。

「真是的，到底要做什麼？人家正要好好享受呢。」

『對不起啦～我正好要宣布重要的事，這件事跟「戰爭」大有關係嘛。』

歐爾．格爾從螢幕的另一側對艾茵道歉。

然而螢幕中的影像——

『把露娜姊還來啊啊啊啊啊啊啊啊!!!』

出現了一直線。

天空延伸一條鮮紅的光線。

——那是背後幻化出巨龍火翼的〈紅蓮皇女〉史黛菈．法米利昂。

史黛菈驅使新獲得的飛行能力，如飛箭般撲向歐爾．格爾。

歐爾．格爾慌慌張張地擺動手腳——

「唔哇哇、等一下等一下！」

「廢話少說！」

史黛菈當然不顧歐爾．格爾制止，揮動〈妃龍罪劍〉。

但是──

「史黛菈，冷靜點。」

「…………!?」

史黛菈聞聲，停下了突襲。

聲音的主人不是別人。

正是露娜艾絲・法米利昂。

史黛菈見姊姊表現出一如往常的威嚴，吃了一驚。

「露、露娜姊？妳沒有、受傷嗎？」

她原本以為露娜艾絲昏迷不醒或是被操縱了。

不過史黛菈觀察了一下，只看到約翰身上附有絲線。

到底是怎麼一回事？露娜艾絲對一臉疑惑的史黛菈說道：

「不用擔心，我沒有被綁架……我是自願前往**奎多蘭現任國王**身邊。」

「咦？」

「就是說，史黛菈。說什麼還不還的，別把所有事情都怪在我頭上嘛。」

「等、等一下！妳說自願、那是什麼意思啊!?」

史黛菈無視歐爾・格爾的無聊玩笑，逕自回問露娜艾絲。

「就是字面上的意思。我在醫院清醒之後立刻回到奎多蘭……與奎多蘭國王達成協議，解開兩國之間的誤解。我們各自收到的資訊存在不小的落差。」

「嗄……？露娜姊，妳從剛剛開始到底、在說些什麼？」

露娜艾絲的回答讓史黛菈越來越搞不懂，腦袋一片混亂。

露娜艾絲醒來之後就前往奎多蘭？

從時間上看來，搭車或是搭直升機的確來得及回去。

但是回去做什麼？

為了什麼回去？

史黛菈不斷思考，拚命想理解露娜艾絲的話語。

席琉斯和阿斯特蕾亞或許也在做同樣的事。

然而他們的努力——

「史黛菈，妳應該知道，父王將法米利昂與奎多蘭這次戰爭的大小事都交給我全權決定了。」

「這、這件事跟現在又有什麼關聯……」

在下一刻被敲個粉碎。

「我現在以此項權力宣布：法米利昂以**聯盟加盟國**身分，正式接受奎多蘭新政權的宣戰聲明。按照聯盟公約，雙方不動用軍隊交戰，**而是從現有國家戰力中選拔出五名〈魔法騎士〉舉行代表戰**，**以結果決定戰爭勝負**。法米利昂與奎多蘭一切遵照聯盟公約，行使合法的戰爭權力。因此**兩國政府**決議——**兩國斷然否決**〈國際魔法騎士聯盟〉在法米利昂與奎多蘭兩國領地內介入處理任何緊急狀況。」

「妳、妳說什麼——!?」

……這份聲明不但承認歐爾・格爾設立的「傀儡」政權為新政府，還主動放棄超過百萬兵力的援軍。一切實在是莫名其妙，令眾人難以理解。

# 後記

我是海空陸，各位讀者好久不見。

《落第騎士》第十一集，真的真的真——的讓各位久等了，真是非常抱歉！

其實之前有一小段時期稍～微有點難熬，當時讀者送來的信與圖畫帶給我許多鼓勵。

所以我想藉這個機會向各位道謝。

非常謝謝大家的支持。

我收到的插圖都貼在工作室的牆壁上珍藏著！

好了，等了很久，總算讓歐爾．格爾、法米利昂兩派陣營登場完畢，法米利昂戰役篇終於正式展開。

新篇章——法米利昂篇會增加更多戰鬥情節，全新的角色、令人懷念的舊角色，第一集開始就散發強者氣息的人物互相交錯，讓劇情更加熱血沸騰。（雖然獨臂的那位馬上就下場了，他其實很強啊。）

特別是法米利昂篇將會比以前更著重於史黛菈的戲分。這場戰爭對她十分重要，她究竟會如何應戰？還請各位拭目以待，靜靜觀望她的成長。

最後，編輯部的各位，還有負責插畫的WON老師，真是非常謝謝大家。都是海空拖到進度，害得各位也得一起善後，真的很抱歉。

以及各位親愛的讀者，各位在第十集之後還願意等上整整八個月，海空真不知道該如何表達內心的謝意。

真的非常謝謝大家。

希望各位今年也能繼續支持《落第騎士英雄譚》。

那麼，我們就在第十二集再會了！

國家圖書館出版品預行編目資料

落第騎士英雄譚 11 / 海空陸 著 ; 堤風譯.
--1版.--臺北市：尖端出版, 2017.08
面 ; 公分.--(浮文字)
譯自：落第騎士の英雄譚
ISBN 978-957-10-5552-7(第1冊：平裝)
ISBN 978-957-10-5650-0(第2冊：平裝)
ISBN 978-957-10-5806-1(第3冊：平裝)
ISBN 978-957-10-5839-9(第4冊：平裝)
ISBN 978-957-10-5968-6(第5冊：平裝)
ISBN 978-957-10-6044-6(第6冊：平裝)
ISBN 978-957-10-6211-2(第0冊：平裝)
ISBN 978-957-10-6338-6(第7冊：平裝)
ISBN 978-957-10-6500-7(第8冊：平裝)
ISBN 978-957-10-6694-3(第9冊：平裝)
ISBN 978-957-10-7144-2(第10冊：平裝)
ISBN 978-957-10-7523-5(第11冊：平裝)

861.57　　103003318

浮文字

落第騎士英雄譚 11

（原名：落第騎士の英雄譚11）

著　者／海空陸　　封面插畫／WON　　譯　者／堤風
發行人／黃鎮隆　　副總經理／陳君平　　文字校對／施亞蒨
總編輯／洪琇菁　　國際版權／黃令歡
執行編輯／曾鈺淳　　美術編輯／李政儀
企劃宣傳／邱小祐　　內文排版／謝青秀
出版／城邦文化事業股份有限公司 尖端出版
台北市中山區民生東路二段一四一號十樓
電話：（〇二）二五〇〇七六〇〇
傳真：（〇二）二五〇〇二六八三
E-mail：7novels@mail2.spp.com.tw
發行／英屬蓋曼群島商家庭傳媒股份有限公司城邦分公司 尖端出版
台北市中山區民生東路二段一四一號十樓
電話：（〇二）二五〇〇—七六〇〇（代表號）
傳真：（〇二）二五〇〇—一九七九
北部經銷／祥友圖書有限公司
電話：（〇二）八五一二—三八五一
傳真：（〇二）八五一二—四二五五
中部經銷／高見文化行銷股份有限公司
電話：〇八〇〇—〇五五—三六五
傳真：（〇二）二六六八—六二二〇
雲嘉經銷／智豐圖書股份有限公司 嘉義公司
電話：（〇五）二三三—三八五二
傳真：（〇五）二三三—三八六三
南部經銷／智豐圖書股份有限公司 高雄公司
電話：（〇七）三七三—〇〇七九
傳真：（〇七）三七三—〇〇八七
一代匯集／香港九龍旺角塘尾道六十四號龍駒企業大廈十樓B&D室
電話：（八五二）二七八三—八一〇二
傳真：（八五二）二七八二—一五二九
新馬經銷／城邦（馬新）出版集團Cite (M) Sdn. Bhd.
E-mail：cite@cite.com.my
大眾書局（新加坡）POPULAR（Singapore）
E-mail：feedback@popularworld.com
大眾書局（馬來西亞）POPULAR（Malaysia）
E-mail：popularmalaysia@popularworld.com
法律顧問／元禾法律事務所
台北市羅斯福路三段三十七號十五樓

二〇一七年八月一版一刷



■中文版■

郵購注意事項：
1.填妥劃撥單資料：帳號：50003021戶名：英屬蓋曼群島商家庭傳媒(股)公司城邦分公司。2.通信欄內註明訂購書名與冊數。3.劃撥金額低於500元，請加附掛號郵資50元。如劃撥日起 10～14日，仍未收到書時，請洽劃撥組。劃撥專線TEL：(03)312-4212 ・ FAX：(03)322-4621。E-mail：marketing@spp.com.tw